プレミアム・ビート

川村誠一

PREMIUM
BEAT
KAWAMURA
SEIICHI

文芸社

プレミアム・ビート

プロローグ

「ふう……」

男は大きな溜息をつくと、手に持った書類を机の上に投げ捨てた。専門用語と図表が踊る数枚の紙が、巨大な会議テーブルに広がる。

「それで？」

杖を片手に窓際の椅子に座りながら、男は心配そうな面持ちで側にたたずむ白衣の人物に問いかける。テニスコートほどもあろうかと思われる広い部屋は、ビロードのカーテンが引かれ薄暗い。唯一、男の背後から漏れる陽の光によって、ぼんやりと彼らのシルエットが浮かんでいた。

床には毛足の長い絨毯が敷きつめられ、磨き上げられた飴色の壁が重厚さを強調している。天井からは巨大なシャンデリアが下がっていた。

白衣を着た初老の男はクリアファイルに挟まった書類を神経質にいじりながら、椅子の男を見つめたが、逆光のせいでその表情は窺うことができない。それがより一層、不気味な威圧感を与えていた。それでも、白衣の男は意を決して口を開いた。

「余命はズバリ、一ケ月です」

「一ケ月……」

椅子の男はそう繰り返し、胸の前で静かに十字を切った。言葉は広い空間に吸い込まれ消えていく。しかし男の眼光はなおも鋭く輝いていた。いきなり、椅子の上でのけぞって大笑いすると、ゆっくりと腰を上げた。

「私は死ぬわけにはいかない」

力強く突いて出た言葉に、すぐ横に座っていたスーツ姿の男が大きくうなずく。

「もしものことがあったら、これまでの努力が水の泡です」

「そのとおりだ。神の名において、私の使命を果たさなければならない。だからこそ、神は私に今の地位を授けたと思わんか?」

「おっしゃるとおりです。全知全能の神の意思を伝えることができるのは、神に最も近いあなただけです」

白衣の男は黙ったまま、男のシルエットをジッと見据えた。表情は相変わらず暗がりの中でよく分からないが、大きく開いた眼だけが見て取れる。周りの皺の寄った皮膚が隠すように垂れ下がっているが、その奥にある怪しい光を隠すことはできない。その光に気づき、背筋に冷たい物が走るのを感じた。

「私は死なない」

男は自分に言い聞かせるように小さな低い声でそう言い放つと、手にした杖を器用に使って窓のほうに向き直った。窓の外には、手入れの行き届いた芝が青々と、見渡す限りに広がっている。

「そう思わないか」

「もちろんです」

スーツの男が間髪入れず相槌を打つ。

「そうだろう。ではなんとか手立てを考えろ」

「承知いたしました。すぐに対処いたします。ちなみに先生、リミットはいつになりますか？」

傍らの男が、かたずを呑んで見守る白衣の男にふたたび問う。二人の迫力に圧倒されていたが、白衣の男はふと我に返って言った。

「——五月五日です。検査結果を見る限り、たいして誤差はないでしょう」

スーツの男は分厚いシステム手帳を開くと、日付を確認し、ポケットから取り出して、万年筆で小さく丸をつけた。

「何か手はあるのか？　こんな特殊な事態をどう切り抜ける」

杖を持つ男が問い詰める。しかしスーツの男は怯《ひる》まず言った。

「大丈夫、全てお任せください。どのようなことをしてもあなたをお守りするのが私の職務です。神は我々の味方ですよ」

スーツの男は机の上に散らばる書類をかき集めると、白衣の男を連れて部屋を出た。広い部屋に杖を突いた男だけが残された。

窓の外に視線を向けながら、男は小さな声でつぶやいた。

「七十八歳、思えば長く生きてきた。だがこのままやすやすと死ぬわけにはいかんのだ」

窓の外の芝生には、さんさんと降り注ぐ陽の光の下、水を撒くスプリンクラーの音だけが無機質に響いていた。

1

二〇二〇年四月二十五日土曜日、東京。

この日も結城直人《ゆうきなおと》はホームグラウンドにしている渋谷パラダイスに来ていた。

パラダイスといっても何十年も前から渋谷の駅前にあるパチンコ屋で、〝楽園〟とはなんら関係はない。それでも、ここで飯のタネを稼いでいるという意味では直人にとっては確かにパラダイスと思えた。

目の前の台からは、朝から途絶えることなく軽快な音楽が鳴り響いていた。座ってから、かれこれ六時間を経ている。いい加減腹も減るしケツも痛い。それでもここで席を立つわけにはいかなかった。

十時の開店から打ち始め、予想どおり、いや予定どおりすぐに大当たりが来た。午後四時を過ぎたころには、直人の背後にはドル箱が大きな山を作っていた。ざっと計算しただけで十五万は堅いだろう。これだからこの生活はやめられないと直人は思った。

直人は咥えたタバコを灰皿にねじ込みながら一人ニヤリとほくそ笑んだ。

「兄ちゃん、今日も大当たりか、景気がいいな。何とかその運を分けてくれや」

左隣りに座っている常連がうらやましげに声を掛けてくる。直人はその呼びかけに目を向けただけで返事もロクにせず、黙ってポケットに吸い込まれていく玉を見た。

朝から左隣りの台には合計四人が座った。

学生、フリーター、仕事をサボっているサラリーマン、主婦。

誰もが景気よく高く積み上げられた直人のケースを横目で見ながら、自分もと思い隣りの台に座っていく。しかし上手くいかず、持ち金全てを華やかな機械の中に溶かし込んだ。

（そんな地道に打って勝てるはずねえのに……）

直人はそう思ったものの一言も声を掛けることはしなかった。彼らには彼らの考えがあり、たとえ負けると分かっていたとしても自分が口を出す余地はないし、知ったことでもない。いつしか彼らが溶かすパチンコ玉をそのままもらっているような、そんな変な感覚になっていった。

（今日はこれくらいが潮時だろう。これ以上目立つのはまずい）

そう思って、通路の一番端にいる店員に向け、両手の人差し指をクロスした。

店員はほんの少し微笑むと、慣れた手つきで山積みのケースを移動する。

「はいよ、がんばって」

席を立つ間際、直人はそれだけ言うと、自分の箱からパチンコ玉を一握り取って、先ほど話しかけてきた常連の男のパチンコ台に投げ入れた。男は突然のことで驚いた表情を見せたが、「悪いね」とヤニで茶色くなった歯をむき出しにして嬉しそうな顔をした。

店員は、出玉の数を計算する機械に直人の出玉を流し込んでいく。表示されたデジタルの数字が、あっという間に四万発を超えた。集計を終えると、店員が数の書かれた紙切れを渡してくる。それを受け取った直人は、フロア一隅にある景品交換所へと向かった。カウンターで待ち構えている女性スタッフに紙切れを渡すと、手際よく四万発分のカードを輪ゴムでくくっていった。

その作業を待つ間、直人はグルッと店内を見回した。景気のいい音楽が大音量で流れる中、眉間に皺を寄せて台を見つめる顔が並ぶ。今日こそは一発当ててやろうという熱気に溢れていた。

しかし、しょせんはギャンブルだ。勝つ者より負ける者のほうが多いに決まっており、だからこそ店が成り立っている。負けては勝ち、勝っては負け、トータルでは少しの負けとなるよう、コンピューターにプログラミングされているのだ。まともに打って勝てるはずがない。オレのように賢く立ち回らなければダメだ。

そんなふうに考えていると、ふと、交換所の脇にあるショーケースが目に留まった。

（そういえば、そろそろ美沙の誕生日だ）

中を覗くと、お世辞にも〝高級〟とはいえないアクセサリーが並べてある。

直人は女性スタッフに声をかけると、ショーケースの中の比較的気に入った指輪を指差した。

「すいません」

「これ、出玉と交換してください」

直人がそう言うと、店員はケースから指輪を取り出し包んでくれた。指輪をポケットにねじ込み、そのぶん少なくなったカードを受け取ると、そそくさと店をあとにした。

外に出た。四月の、しかも傾いた陽射しにしては力強い。換金するために目を細めながらパチンコ店の裏手に回る。ひっそりとたたずむ換金所には、今日は誰も並んでいなかった。

十四万二千円。

今日の稼ぎである。指輪と交換してしまったため、少し稼ぎは減ってしまったがしょうがない。それでも同世代の友達が一日で稼げる金額をはるかに超えていた。

直人はそれから五万円を抜き取ると、二つ折りの束にして右手のポケットに突っ込んだ。それから来た道を引き返す。さっきの店員が近づいてくるのを見つけると、先ほどの五万円を手に握り、そのまま彼に渡した。彼は慣れた手つきでそれを左手でつかむと素早くポケットに押し込んだ。

二人は何気ない顔をして、いったん通り過ぎたが、十歩も行かないうちに店員が思い出したように、「お客さん、落とし物ですよ」と赤い百円ライターを目の前に突き出しながら戻ってきた。

「ありがとう」

直人がライターを受け取ろうとすると店員が直人の耳元に顔を近づけ囁いた。

「どうやら、組が気づいたみたいだぞ。気をつけろ。ちょっとの間出入りしないほうがいいかもな」

彼は早口で捲し立てた。

「組が?」

直人が驚いて問い返すと、それに答えることなく、店員は逃げ去るようにその場から姿を消した。

(オレのことに気づいたのか?)

そう思うと背筋が寒くなった。

パチンコ台に裏ロムを仕込んで大当たりさせることを、俗に〝ゴト〟というが、直人の仕事は〝ゴト師〟ではない。仕込んだパチンコ台を打つことを生業《なりわい》とする〝打ち子〟でもない。店員からのリークを受け裏ロム台を横取りする、いわゆる〝ゴト泥棒〟だ。

この業界にもたくさんの裏の世界の住人がいるが、それなりに仁義がある。ゴト師はこの業界で最も嫌われる仕事だった。バレたら危険を冒して裏ロムを仕込んだその筋の人たちから、命を狙われる危険さえある。店員が言う〝組〟とは、このあたりを縄張りにする暴力団・山沢組のことだった。山沢組の息のかかったグループが仕込んだ裏ロムを、直人は横取りしていたのだった。

(少し姿をくらますか)

直人は身の危険を感じてそう思ったが、どこに行く当てもない。どうしたもんか――。

そんなことを考えながら表通りに出た。

街はすっかり夕暮れに染まり、ところどころにネオンが灯る。どこからともなく湧き出た人々が蠢《うごめ》いていた。

直人は時計を見た。

(確かマックに六時だったよな)

そう思いながら駅に向かって歩き始めようとした、その時、

「元気か?」

突然後ろから声が掛かった。驚いて振り返ると、黒いスーツを着たガタイのいい男が立っている。

「橘さん……」

直人は軽く会釈をした。正直なところうるさいヤツに会ってしまった。彼は直人が付き合っている橘《たちばな》美沙《みさ》の歳の離れた兄で、橘順平《たちばなじゅんぺい》。厄介なことに刑事だった。簡単な挨拶で退散しようとしたが、橘はそれを許さなかった。

「おいおい、つれないじゃないか。せっかく会ったんだ。もう少し話していこう。と

りあえず早く妹と別れろよ。お前みたいなのと付き合わせるために、親代わりになって育ててきたんじゃないんだからな」

彼ら兄妹に両親はいない。幼いころに交通事故で亡くなったらしい。その後、兄が高校を卒業するまでは親戚の家に厄介になり、卒業と同時に家を出たと美沙から聞いている。それからは兄が警察官をしながら、幼い妹を養ってきたというわけだ。美沙はそんな兄を心から尊敬している。

したがって、直人もないがしろにするわけにはいかなかったが、実の兄から、会って早々そんなふうに言われ、黙っているわけにはいかなかった。

「すいません、橘警部補。それはオレじゃなく美沙に言ってもらえませんか？　ゾッコンなのはアイツのほうですから。高校の時に声かけてきたのはあっちですからね」

「美沙が？　本当にアイツのことはよく分からん。昔はもうちょっとはマシだったんだが、去年からワンルームマンションで一人暮らしを始めてからとち狂ってきた」

「いや、お言葉ですが彼女はまともですよ。毎日ちゃんと渋谷の勤め先に行ってますし……」

「当たり前だろう。お前とは違う。こんなチャラチャラした男になんで惹かれるのかよく分からんよ。アイツとは十歳離れていて、兄というよりは父親代わりだからな。

誰と付き合おうがアイツの勝手だが、お前みたいなヤツだけは同意できん。美沙と同級生ならもう二十一だろう」

「ええ」

やはり説教臭い展開になってきた。こいつと会うと必ずこうなる。直人はいい加減話をやめたかった。しかし刑事という職業柄か、橘は直人の気持ちなどお構いなしに話し続ける。

「どこか、マシな商売を紹介してやるからちゃんと就職しろよ。確かお前帰国子女だってな。美沙が、彼は英語が話せるからカッコいい、とかぬかしてたぞ。本当か？」

「まあ一応は」

直人は父親の仕事の関係で、七歳から十五歳までの八年間、サンフランシスコで過ごしていた。英語だけは流暢にしゃべることができる。いや、むしろ、帰って来た当初は日本語に相当苦しめられたものだった。

「英語を活かした職につけばいいじゃないか」

「そのセリフは耳にタコができましたよ。親父に何度も言われてます。でも今の生活が気に入ってるんで、別にいいじゃないですか」

直人はふて腐れたように、顎を軽く前に突き出した。

「普通のサラリーマンも悪くはないぞ。いい加減あんな仕事やめろよ」

「仕事？」

直人は核心に迫ってきたと察し、はぐらかそうとしたが、橘はさらに詰め寄った。

「正直に話せ。ゴト泥棒だよ」

「なんですか？　それは」

「とぼけるな。パチンコ屋から抜いてるだろうが、ヤクザの目を盗んで」

いつの間にか、恋人の兄という雰囲気はなくなり、言葉が刑事らしい詰問調になっている。

「ネタは上がってるんだ。まあ、こっちは大物に追われて、お前みたいなチンピラに取り掛かる時間がないが、いい加減にしておかないと、容赦はせんからな」

直人は肩をすぼめた。彼女のことはそれなりに大切に思っているが、この兄だけはどうしても好きになれない。

「もういいですか？　約束があるんで」

「ちょっと待て。もし何かあったらここに電話しろ」

そう言って、橘は二つ折りにした紙切れを差し出した。受け取りたくはないが、早く切り上げたい直人は、素直に従ったほうがよさそうだと、その紙をつかんだ。中身の確認もせずにポケットに突っ込むと、「それじゃあ」とつぶやいて橘に背中を向けた。

「ちゃんと働けよ」

去り際、橘が投げつけた言葉が、直人のイライラを募らせた。

予想外の道草で少し約束の時間を過ぎてしまったが、直人は渋谷のマックに向かった。

帰り時なのか、さっきと比べてスーツ姿の男が増えたマックの二階に駆け上がる。すると、美沙が奥の席から嬉しそうな顔をして手を振った。

「どうだった?」

「何が?」

直人は無愛想に言った。

「何がって、勝ったかどうかよ」

「もちろん勝ったさ」

「じゃあ、なんでそんな怖い顔してるの。いつもの直人ならもっと嬉しそうなのに」

「嬉しいさ」

「嘘。何があったの？」

彼女は直人の前に顔を突き出した。柑橘系のコロンの匂いがする。相変わらず勘が鋭い。美沙の直感に、直人はいつもどぎまぎさせられていた。

「兄さんに会ったんだよ」

直人はふんぞり返るように椅子の背もたれに寄りかかりながら言った。

「お兄ちゃんに？　どこで」

「パチンコ屋の前。ここに来る途中。あれはたぶん偶然じゃないな。オレが出て来るのを待ち伏せしてたんだよ」

「で、なんて？」

「もっとまともな仕事しろだとよ」

直人は、あえて組の話は伏せた。〝ゴト泥棒〟に関しては、美沙にさえ何も話していない。どこから情報が漏れるか分からないし、変に詮索されるのが嫌だった。話せば危ないからやめろと言われるに決まっている。

「そうでしょ。私もそう思うもん。パチプロなんて向いてないって。だって直人って英語がペラペラでしょ。雇ってくれるとこ、たくさんありそうじゃない」

「いいじゃん別に。英語を使う機会なんてないんだし、しゃべれるヤツなんて珍しくねえよ」

「そんなことないよ。私からもお兄ちゃん説得するから、その特技を活かしてまともな仕事についてよ。今の仕事なんて二年も続けたら長いほうよ」

　直人は黙ってタバコに火をつけた。さすが兄妹、怒り方がそっくりだ。それにしても続け様に説教されるとは思わなかった。

「それもやめなさいって。体に悪いし、高いし、それに吸う場所なんてほとんどないんだから」

「ほっとけよ。お前に関係ないだろう。嫌だったらオレと別れりゃいいじぇねえか」

　美沙は頬っぺたを膨らませた。直人は美沙の飲んでいたコーヒーを口に運ぶと、何気なく窓の外を見た。ビルの側面に掲げられた巨大スクリーンからニュースが流れていた。

『本日、大下総理が日米安保条約改定についての今後の骨子の見直しを発表いたしました。内容としましては、厚木基地への民間航空会社の乗り入れ協定、岩国基地の返還、地位協定の見直しについてです。しかし、アメリカ側の強い反対で協議は難航すると考えられています』

映像が記者会見の会場に変わり、首相の顔がアップになった。

『強い日本、アメリカに依存しない時代が到来しつつあります。今回の会議では日本の地位協定の見直し、軍事基地の日本への返還を強く主張したいと考えています』

直人は美沙のほうを振り返った。さっきの直人の言葉に、美沙はいつまでも拗ねている。直人は美沙をなだめようとポケットをまさぐった。

「ほれ」

ぶっきらぼうに差し出した直人の手には、指輪の箱が握られている。ポカンとして受け取らない美沙の前に箱を置くと、直人は続けた。

「今日の戦利品。五月五日、お前の誕生日だろ。少し早いけどプレゼント。さっきパチンコ屋でゲットした安もんだけどな」

美沙は「ありがとう」と言って箱を開けて中から指輪を取り出すと、左手の薬指にはめた。しかし、どこか浮かない顔をしてそれを蛍光灯の光にかざす。

美沙の浮かない顔つきを見て、さっきの言葉をまだ根に持っているのかと思い、直人は続け様に切り出した。

「それと、今度どっかに旅行でも行かないか？　何泊かしてさ」

「旅行ってどこによ」

詰問調が抜けない物言いで美沙が言う。

「どこかまだ決まってないけど、二週間ぐらい」

「二週間ぐらいってお気楽ね。そんなに会社休んだらクビになるわよ。さすがにパチプロの言うことは違うわ」

「……」

直人は言葉を詰まらせた。

もう一仕事してこの渋谷をしばらくの間離れたい。パチンコ屋の店員の言葉が耳から離れなかった。言葉にはできないが、虫の知らせで、何とも言えない危険が自分の身に降りかかりそうな気がしている。しかしそんなことを言ったら「そんな理由？」と美沙はなおさら拗ねてしまいそうだ。

そんなことを考えながら、ふたたび巨大スクリーンに映し出されるニュースに目を向けた。

映像が変わって、今度は厚化粧をした白人の女性キャスターの顔が目に飛び込んできた。衛星中継のようだ。

『次のニュースです。つい先ほど、現地時間で二十五日の午前九時頃に、イギリス南部のブライトンで大事故が起きました。詳細は分かりませんが多数の死者が出ている模様です。現地より特派員の……』

何気なく目で字幕を追っていたが、途中で面倒になって、直人はスクリーンから目を離した。美沙のほうを振り返り手を合わせる。

「なあ、一週間でいいからさ。安い海外旅行でも見つけて、南の島あたりに行こうぜ」

「無理だって」

美沙はそう言って、もう一度頬を膨らました。

2

同じ日の朝、イギリス南部のブライトンで奇妙な事件が起こっていた。

この日は早朝からにわか雨がパラパラと降ったものの、気温は比較的高く、遠く水平線の上には入道雲が迫《せ》り出し、まるで初夏の陽気であった。その陽気につられてか、半袖姿の観光客も普段の土曜より多く見られたし、海岸沿いをジョギングする人も心なしか多い気がする。

時折、ドーバー海峡から吹いてくる風は、鳴きながら宙を泳ぐカモメたちを軽くあしらって、海岸線に順序よく並べられた近代的なホテルにぶつかり、そのまま何食わぬ顔をして通り過ぎていった。

『ホテルドーバー』に赤い一台のトレーラーが突っ込んだのはその日の午前九時のことである。リゾート地には似合わない車だ。かなりのスピードを出していたせいか、トレーラーはバルコニーで休日を楽しんでいた人々をなぎ倒し、テラスにあった机と椅子を軽々と押し潰した。ホテルのロビーを一直線に進み、やがて、重々しい樫の木でできたバーカウンターにぶち当たると、そこに乗り上げるような形でやっと止まった。二階のベランダにぶつかった荷台は、入り口を塞ぐような形で横倒しになり、野次馬に泥で汚れた車体の腹を見せることとなった。

入り口近くではけたたましい悲鳴や叫び声があちこちから上がり、ホテルは一時騒然となった。天井から落ちてきた数十年にわたり溜まった埃が、まるで湧き出る雲のように外に溢れ出し、周りを真っ白にさせている。電線が切断されたのか、ロビーは一時停電し、窓から注ぎ込む光で照らされた一部以外は、まるで夜明けのような暗さになった。

我に返った数人の観光客が、呻き声がする瓦礫の山の中での救助に当たり始めたが、あまりにもひどい事故の惨状に、ほとんどの者は呆然と立ちつくしていた。誰もが見慣れない光景に好奇心と恐怖を抱いてはいたが、いつトレーラーが爆発するか分からなかったから、自分が巻き込まれるのを恐れ、ホテルの入り口を取り巻くように自然と円ができていた。

しばらくすると、ロビーの空いたスペースには重傷者が次々と運び込まれ、血だらけになった人々で溢れ返っていた。古びた皮製のソファーはもちろんのこと、時代物のダイニングテーブルも、ベッドに変わった。が、それでも足りず、重傷者であっても埃っぽい赤い絨毯の上に寝かされることとなった。

通報により救急車が到着し始めたのは、事故発生から十分が過ぎてからだった。トレーラーに頭と顔を押し潰された二人は、誰の目から見ても即死だったので、救急隊員はそれを無視し、傷ついている者を優先した。この町や近郊には、それほど多くの救急車がなかったので、死者よりも生存者を優先するのは当たり前といえば当たり前のことである。この混乱の中で、目の前に横たわる夫や妻の亡骸を運び出してほしいと言うものは一人もいなかった。それに、少しでも多くのケガ人を運び出さねば、その埃まみれになったロビーの混乱を収束できないことは誰の目にも明らかであった。

警官隊の対応も迅速だった。一部の警察官は野次馬の整理にも当たったが、大部分の警官はテロの可能性も捨て切れず、トレーラーに仕掛けられたかもしれない爆発物を探し、次の〝攻撃〟に備え、サブマシンガンを手にしていた。ホテルを背にしながら、まるで潰れたホテルを警護するかのような体勢を取っていた。

野次馬も当初は取り巻くようにその光景を見守っていたが、混乱が落ち着くに従い、携帯電話のカメラを片手に、その様子を撮ろうと自然とその輪は小さくなった。

彼らの多くは恐る恐るホテルの中を覗いてみたが、電気が消えて薄暗くなったロビーの奥に蠢く人以外、はっきり見分けることができず、唯一分かるものといえば、横倒しになったトレーラーの荷台に赤地に白色のペンキで大きく書かれた『ビクトリアエクスプレス』の文字だけだった。野次馬たちはそれをカメラに収めると、足早にそこを立ち去った。

「後ろに見えるのが今回の大惨事となったホテルです。死亡者は現在のところ六人。意識不明の重体者は四人です。重軽傷者は十三人にのぼります。繰り返しますが、本日午前九時頃、一台のトレーラーが後ろに見えますホテルドーバーに突っ込みました。

目撃者によりますと、通常のスピードで走っていたトレーラーが急に速度を上げ、そのままホテルに飛び込んだそうです。不自然に突入したこともあり、自爆テロの可能性も考えられましたが、爆発物は積んでいなかったとのことです。

ただ現在も運転手が不明のままで、警察は事情を聞くためにも、運転手を捜しております。また突っ込んだ車はビクトリアエクスプレス社所有の10トントレーラーで、一昨日会社の駐車場より盗まれたものと判明。警察は事故と事件の両面でこの運転手の行方を捜しております。それでは、偶然この事故現場に居合わせたＢＢＣの記者であるウィリアム・ブラッドにお話を伺いたいと思います」

その声と同時に、カメラがアナウンサーの隣りにいる長身の金髪の男を映し出した。

フリー・ジャーナリスト、ウィリアム・ブラッドは、偶然にも事故現場に居合わせた。ガラスの割れる大きな音と女性の悲鳴がすぐ後ろでしたので、慌てて振り返ると、大型トレーラーがホテルに向かって猛スピードで突進した瞬間だった。トレーラーは中に突っ込むと大きなコンテナが横倒しになり、それと同時に粉塵がホテルの中からまるで白い煙のように吹き出てきた。あまりにも突然のことで、自分の目が信じられなかったが、血を流した人がホテルから夢遊病者のように出てくる様を見て、それが現実だということを知った。

ウィリアムはこの日、たまたま妻を連れて三泊四日の休暇に来ていて、現場近くを散歩していた。

「おい、すごい事故だ。すぐBBC本社に連絡する。悪いが、今すぐムービーを撮ってくれないか」

興奮した声でウィリアムは妻のリサに言った。

「何？　そんなのできないわ。ムービーを撮るなんて。いったい何考えてるのよ。亡くなった人もいるし、まだ下敷きになってる人もいるのよ。こんな状態でムービーを撮るなんて、まっぴらごめんだわ。それより電話なんてやめて。救助に行きましょう」

非難めいた目でリサはウィリアムを見つめた。

「大丈夫、大丈夫、目立たないカメラだから」

そう言って、ウィリアムは自分のシャツの一番上のボタンを引きちぎって彼女に渡した。

「最新のボタン型小型カメラだから目立たないし、緊迫した状態だから、誰も何も気づかないし、何も思わないさ。だから大丈夫」

「……。だったら、あなたがやればいいじゃない」

緊急時にカメラを向けることに抵抗感があるリサは、興奮気味に大声を出した。

しかしその大声も、周りの騒音にかき消されるぐらい、現場は悲鳴と呻き声に包まれていた。また同時にトレーラが爆発する危険性もあったので、できるだけ早くここから立ち去りたいというのが本音だった。

「今すぐにでも撮りたいけど、ボクは先に本社に現状を報告しないと、ニュースにならない。キミが撮った映像は本社のサーバーと直結されてるから、そのままの映像が本社にすぐに送れるようになってる。お願いだ。スクープ映像だから、すぐにでも回してくれ」

彼は電話を右手にかざしながらリサに合図した。

夫の仕事は理解できるが、目の前で苦しむ人たちを尻目に映像なんて撮れるはずもない。ボタン型のカメラを手の平に載せたまま、リサは立ちつくしていた。するとウィリアムは、

「構わないから早く撮れ。いいか、これは大スクープだ。もし、これがテロならば、この映像はさらに貴重になる。全世界に配信し、事実を報道する必要がある。デスクに報告をしたら、すぐに代わるから、その間だけでも頼む、お願いだ」

コール音を聞きながら、ウィリアムは大声を張り上げた。これ以上、彼と話をしてもムダだと思ったリサは、そのまま無言で〝ボタン〟を周りに向け始めた。

超小型CCDレンズの中で、惨劇が繰り広げられている。奇妙な動きをする彼女を見て、「何をしてるんだ。ボーッとしてるなら、こっちを手伝え」という怒声が飛んできたりして、彼女自身、一刻も早くカメラを彼に渡したかった。

「貸して」

ようやく電話が終わったウィリアムはむしり取るように彼女から〝ボタン〟を取り上げ、左右に動かした。

「今救急車が到着しました。事故発生三分後のことです」

ウィリアムはあとで映像を編集しやすいように、到着時刻を大声で叫んだ。倒れている緑のポロシャツを着た太った中年の男が、ストレッチャーに乗せられて運ばれていくのが目に入った。

慌てて、それをアップで撮った。

「撮らないでください」

救急隊員の一人がそれを制した。ウィリアムもその声に圧されてボタンを下に向けた。

「何をしてるんですか。そんなことより、今すぐ救助を手伝ってください。人命が大事です。一人でも多くの命を助けるのに、力を貸してください」

救急隊員はストレッチャーを押しながらそう叫んだ。

「今からタクシーをチャーターして病院に行くぞ。これは大スクープだ。誰もこの事故を撮っているヤツなんて見なかったからな」

何台かの救急車が到着し、さらに警官隊が現場に到着したころ、ウィリアムは満足げに叫び、ポケットから手帳を取り出すと、確認しながら救急車の到着時刻、警察の到着時刻を逐次メモした。

現場がある程度落ち着いたのを見計らって、タクシーに両手を上げて合図を送り、飛び乗った。

「今から病院に向かってくれ。あの、先を走っている救急車を追いかければ大丈夫だから」

ウィリアムは後部座席から大声を張り上げ、それからふたたび会社に電話をした。

「映像は本社のサーバーに送ってますから使える写真はそこから拾ってください。記事はすぐに送りますので、夕刊には間に合うかと思います。ええ、今から収容先の病院に向かうところです。情報が取れ次第、また連絡を入れます」

興奮しながらデスクに話す。二年前までいた中東、アフリカの戦場では、この程度の事故は日常茶飯事のことであり、死体にも慣れていたが、自分が休暇中にスクープと出合ったことを考えると、自然と体が震えるのを覚えた。

「ええ、随時連絡は入れます。トラックが突っ込んだ時はまるで中東のテロみたいでしたが、幸い爆発もなくて。はい、病院に着いたらもう一度電話しますので」

電話の向こうのデスクは、

「戦場に慣れてるキミも興奮することがあるのか？　あまり無理をしないようにな。会社にいるヤツに対応するよう伝えてある。私も一時間以内に出社するから。出社したら連絡を入れる」

と興奮気味に話した。


事故から一時間も経たないうちに、ウィリアムはカメラの前に立っていた。

「これが事故直後の映像です」

テレビの下の分割画面にトレーラーの横転した姿が映し出された。

「大変な状況でしたね」

現場記者がウィリアムにマイクを向けインタビューを始めた。

「ええ。ガラスの割れる音がしたので、後ろを見ると一台のトレーラーが真っしぐらにホテルに飛び込んでいくのが目に入りました。初めは自分の目を疑いましたが、中から埃が、まるで煙のように立ち上りましたので、改めて事故と実感しました」

「ところで、あなたはどの位置からその事故を見ていたのですか？」

記者は現場で作り上げた地図をカメラの前に差し出した。ウィリアムはそれを覗き込むようにして自分のいた場所を指で示した。

「これがちょうど事故現場になったホテルです。私がいたのはピアの入り口の部分。そうですね、この地図でいうと道路を挟んだこの場所になります」

「といいますと国道を挟んで、ちょうど向かいの位置になるんですね」

「そうです。ピアに向かおうと道路を渡った時に音を聞きましたから。もし道路を渡るのがあと二分遅れていたらと思うとゾッとします。もちろん、犠牲者にはお気の毒なことなのですが」

「その時、何かブレーキ音は聞かれましたか?」

「いえ、車がぶつかった時の衝撃音だけで、急ブレーキの音は一切聞いていません。あとで妻にも確認したんですが、彼女もやはり聞いていないとのことでしたから、たぶんブレーキはかけていないのではないかと思います」

「救急車はすぐに来ましたか?」

「ええ、二、三分もしないうちに一台が来て、それから十五分後に、また一台やってきました。それからさらに三分後。そして五分後に二台です」

記者は矢継ぎの早に、質問をウィリアムにぶつける。ウィリアムは、自分が取ったメモで正確を期しながら、答えた。

「この事故をテロだとは思いませんでしたか」

「はい。もちろん考えました。ただ直後に爆発が起きなかったので、単なる事故だというふうに捉えました。それから十分以内に二台のパトカーが続けてやってきました。警察はテロを警戒してか、二十分もしないうちに、武装した警官が十人ほどやって来て、警備に当たりましたが、特に何もなかったので、現場では事故の認識が高まり、救出や捜査を行っていました」

「ところで運転手についてですが、現在も行方不明とのことです。運転手が逃走する姿を目撃されませんでしたか？」

「先ほど刑事さんにも事情聴取をされたのですが、運転手のことまでは気づきませんでした。いついなくなったのかも全然分かりません。ですが、ホテルのフロントにも防犯カメラがあるので、その映像を見れば、運転手がどうしたのか、某《なにがし》かの手がかりがつかめるものと思います」

「お疲れのところ、どうもありがとうございました。本日ブライトンで起きました大事故の模様を現地より中継しました。現場のＢＢＣ『タイムセブン』のマイケル・マッケイでした」

その声と同時に煌々と照らされていた照明が落ちて現場が暗くなった。ホテルはまだ現場検証が続いているため、スポットライトがいくつもたかれ、そこだけがまるで別世界のように明るくなっていた。

「まだ運転手は逃走しているのか？」

ウィリアムは生中継終了後、タメ口でマイケルに話掛けた。

「そうみたいだな。警察も躍起になってる。だからあちこちで検問が敷かれて、ほら、ブライトン駅も閉鎖されたし、観光客も身元を全部確認したあと、バスで各地に送ってる」

「何と大変な作業だ」

ウィリアムは駅まで続く観光客の長い列に目を向けた。並んでいる人たちの表情は暗くて分からなかったが、薄暗い商店街のウインドーの光の中で、駅のほうへゆっくりゆっくり蠢めいている姿が見える。

「大変さ。警察はまだテロの可能性を完全には捨ててないからな。だってこんな交通事故ぐらいで、ここまでするなんて異常だよ。事故としてはトレーラーの突っ込み方が不自然過ぎる。ホテルの前で急に速度を上げて一直線に突入したわけだから、よっぽど何かの理由がないとおかしいだろう。それにしても、一番大変なのは観光客だ

よ。ホテルも報道で満杯になったから、泊まりたくても泊まれない。帰るとなっても
この列だろ。たぶんここにいる最後の人がバスに乗れるのは、早くても明朝になるん
じゃないか」
「じゃあボクはラッキーだったな。今日のホテルは押さえてあるから」
ウィリアムの表情が少し和らいだ。
「リサも一緒か？」
マイケルが尋ねる。
「そうだよ。だって半年ぶりの休暇だぞ。これ以上冬休みを延ばしたら、まあ離婚だ
な」
そう言ってウィリアムは、また笑った。クリスマス休暇も中東出張で取りやめに
なっていたこともあって、彼女には気を遣っていた。
「本当なら一緒に一杯やりたいんだが、十時のニュースもあるし、今日はたぶん無理
だ。このままじゃ、きっと徹夜になるさ。彼女にもしばらく会ってないが、悪いがよ
ろしく伝えておいてくれ」
「もちろん。今度ロンドンに帰ったら一緒に飲もう。大変だけどがんばってな。今か
らボクはホテルでキミのニュースを見るとするか」

ウィリアムはそう言って軽く肩を叩いた。

マイケルとリサは、大学時代の同級生である。結婚披露宴の時に紹介されてからだから、もうかれこれ八年の付き合いになる。

リサも以前テレビ局でアナウンサーをしていたことがあり、昔二人は付き合っていたのではと、誰からか聞いたこともあるが、ウィリアムにとってはもうすでに過去のことで、気にすることもなかった。マイケルとは一度だけ、コンゴの内戦の取材で一緒になったことがある。戦争が激化したこともあり、退去命令が下されたものの、解放軍が首都を占拠するまでそのホテルから離れることはなかった。

「バーに酒があったから居続けたまでだよ。そこに酒がある以上、そこで飲まないと」

あとになってウィリアムは笑いながら言ったが、当時、婚約者だったリサにとっては気が気でなく、婚約破棄を考えたこともあったという。ウィリアムは当時のことを思い出して、一人ほくそ笑んだ。

窓を見ていた海兵隊の兵士の顔が一瞬こわばった。それからヘルメットを片手で押さえ「RPG」と大声で叫びながら床に突っ伏した。その瞬間、ロケットが命中して隣りの部屋で爆発が起こった。ベルギーの植民地時代に造られたホテルの天井は大きく揺れ、吊ってあった年代物のシャンデリアが赤茶色の絨毯に落下し粉々に砕け散った。

バーカウンター越しに先ほど叫んだ兵士のほうを見たが、壁に突き刺さったガラスと、血しぶき以外何もない。

「マイケル、大丈夫か？」

ウィリアムはヘルメットを抱えるようにしてうずくまる彼に大声で話し掛けたが、連続的に起きる重機関銃の射撃音で、それはかき消された。コンゴ革命軍は政府に降伏したが、一部の残党兵力は国連軍の指揮所であるホテルに総攻撃を掛けていた。

「大丈夫だ」

マイケルは撃ち込まれる銃弾を避けるかのように身を低くし、ヘルメットを手で覆うようにしてバーカウンターの下に身を潜めた。

「もうすぐヘリが来るから。それに乗れば大丈夫。だけど、まさかヤツらがここまでやるとは夢にも思わなかったな」

ウィリアムも身を低くしながら、大声を出した。

「誰が、ビールを飲むうちに解決するって言ったんだ」

マイケルが叫んだ。彼らしいユーモアだったが、この時はもはやユーモアでは済まされない状況になっていた。ビシッという着弾の音が隣りでした。

「弾が近いな。オレが死んだら、リサによろしく伝えてくれ」

ウィリアムは大声を張り上げた。カウンターの上に並べられたウイスキーのビンが至近距離からの銃の連射で割れ、中身が雨のように二人に降り注いだ。アルコールの臭いがカウンターの中に充満した。

「そんなこと自分で伝えろ。それよりヤツらもったいないことをするな、十八年物だぞ」

マイケルが割れたビンのラベルを見て、それから手についたウイスキーを少しだけ舐めた。

「お前らしいな」

ウィリアムは笑った。

その時、ホテルの上空にヘリのローターの轟音が響き渡り、ミサイルの発射される音と二十ミリバルカン砲の重たい連射音がした。

「騎兵隊の到着だ」

マイケルは嬉しそうにウィリアムの顔を見た。

現場近くのホテルに帰ると、リサはテレビを見ていた。

「よかったわね、上手くいって。テレビ映りも悪くはなかったわ。大スクープよ。さすがスクープ記者として鳴らしてるだけあるわ。インタビューもそつなくこなしてた」

彼女はソファー越しに振り返ると嬉しそうに笑った。彼女の好みで照明を暗くしてあったが、目の前にある大型テレビだけが部屋の中を異様に明るくしている。

「ありがとう。キミのおかげだよ。あの時、あの映像を撮ってくれてなかったら、ニュースで取り上げられることもなかったし、インタビューされることもなかっただろう。本当に感謝してる。おかげで、スクープ記者としてまた名声が上がるな」

「名声かぁ……」

リサはウィリアムに気づかれないよう小さな溜息をついた。

「それより隣りにいたのはマイケルでしょ。しばらく会ってなかったけど久しぶりの再会よね。確かコンゴの内戦以来じゃないの？　よろしく伝えておいてくれた？」

ウィリアムは冷蔵庫から氷を取り出し、リサの横に座った。それから目の前にあったウイスキーをグラスに注いだ。氷が驚いたようにカチリと音を立てた。

「もちろんさ。一杯やろうと言ったけど、今日は忙しいみたいだね」

「そりゃそうでしょ。たぶん今日は徹夜よ、経験で分かるわ」

彼女はソファーから立ち上がると窓際に行き、スポットライトで浮き上がる現場を懐かしそうに見下ろした。

「そういえば、運転手はまだ見つかってないんですって？」

ダークブラウンのカーテンを左手に引きながらつぶやく。

「そうらしいな」

ウィリアムはテレビをぼんやりと見ながら、気のない返事をした。犯人が逃げようが逃げまいがそんなことにたいして興味はなかった。むしろ各局がこの事故の報道をしているが、自分の撮った事故直後の映像が流れていないかが気になった。チャンネルを小まめに回しながら、バカラグラスの中のスコッチウイスキーを満足げに口に運んでいた。

「だけど、そんな人見た？」

「そんな人って？」

「ドライバーよ。だって私たち、すぐに事故現場に行ったでしょ。走って行ったからたぶん一分も掛からなかったんじゃないかしら。だけど、現場からそれらしき人が逃げた形跡なんてなかったわよね」

「そんなことないさ。ドライバーがいなくてどうして車が動くんだ。きっとボクたちが行ったあとで逃げたのさ」

「本当にそんな暇があった？」

「よく分からないけど、見つかっていないのは事実なんだから」

そう言いながら、ウィリアムはもう一度テレビの画面に視線を戻した。車のコマーシャルをやっていたので、ふたたび別の番組にチャンネルを回した。

「ところで、いったい何をしてるんだ？」

「何って？」

「現場だよ。現場検証ならこんな遅くまでやらないじゃないか。彼らはこんなに夜遅くまでいったい何してるんだ？」

ウィリアムは不思議そうにリサのほうを見て、目の前に座るように手でソファーを指し示した。

「何をしてるって、捜索じゃない」

リサはソファーに座ると、テーブルの上にあった冷めた紅茶を口に運んだ。

「何の？」

「行方不明者よ。まだトラックの下敷きになってる人がいるらしくって。あなたが帰ってくる少し前にテレビでやってたわ」

「だからトレーラーを撤去してないんだ。下手に撤去すると下敷きになっている体を傷つけることがあるからな。何人ぐらい下敷きになっているのかな？」

「今のところ分かってるのは一人だけ。さっき奥さんが心配げにテレビに映ってたから。きっとその映像ならどこかでやってるわよ」

リサはもう一度チャンネルを動かし、どこかで彼女のインタビューをやっていないか確認した。いくつかチャンネルを動かすと、ハンカチを手に持った金髪の上品そうな年配の女性がアップになった。泣きはらした目にピントが合っていた。

『ええ、事故の直前、私たちはテラスでお茶を飲んでました。するとあのトレーラーが急に速度を上げて私たちに向かって突進してきたんです。主人はとっさに私を突き飛ばしました。それが彼を見た最後です』

そう言うと女性はふたたび右手のハンカチで目を覆った。左手の白いギブスが痛々しく映った。

「今日はバカンスだったんですか？」

アナウンサーが場違いな質問をしたにもかかわらず、彼女は丁寧に答えた。

「ええ、私の実家が隣町のホーブにありますから、そこに夫の母を訪問して……。ロンドンに帰るまでの列車にはまだまだ時間があるので、このホテルでお茶でもしようとテラスの席に座ったんですが……」

そう話すとまた声を詰まらせた。

『早くご主人が見つかるといいですね。現場から……』

画面が変わった。

「よくこんなインタビューをするわね。被害者感情ってものを考えてないのかしら、他の映像はないのかしら」

怒りながら、リサはチャンネルを映画番組にした。被害者の彼女と自分がダブって見えたので、それ以上は見る気も起こらなかったのだ。

違う番組といえば、放送し尽くされた古い恋愛映画しかやっていなかったし、それも何度も見た映画だったので、興味も何もなかったが、それでもつまらないインタビューを聞くよりはましだと思った。

「ニュースにしてくれ」

ウィリアムは不満そうな顔をしたが、黙ったまま画面を見る妻の顔を見て、口をつぐんだ。これ以上何か言うとケンカになりそうだったから、このままその場にいるのもばつが悪く、そそくさとバスルームに向かった。

その夜はそれ以上何も起こらなかった。

ただこの事故が、世界を驚かす大事件に発展しようとは、この時、誰も思いつきもしなかった。

3

四月二十六日日曜日、東京。

地球の温暖化のせいもあるのだろうか、それにしても四月後半にしては、記録的な暑さが続いている。朝というのに壁にある温度計は二十六度を指し、夏に近い日がもう一週間以上は続いている。この十年来、地球温暖化の話はたびたび話題になったものの、異常さをこれほど実感したのは初めてのことだった。

テレビでは、気象予報士がこの異常な暑さを訳知り顔で解説しているが、視聴者の茹で上がった頭にはそんなウンチクは入らないだろう。

オレは美沙の久しぶりの休暇を一緒に過ごそうと、この日は〝出勤〟せず、美沙が一人暮らしをしている三軒茶屋のワンルームマンションにいた。窓には隣りのマンションの壁が迫っている。その圧迫感を避けるため、オレがここにいる時はいつもカーテンは閉め切ったままだった。

この前提案した旅は美沙にあえなく却下されていたため、今日は家で録画の溜まったテレビ番組でも見ながらゆっくりしたいと思っていた。正直なところ、これといって楽しいことはないが、この間パチンコ屋の〝協力者〟に言われたことが頭を離れなかった。

（少しの間、ほとぼりをさましたい）

彼女と一緒に過ごすというよりは、これがオレの本音だった。

テレビの画面を見ながら、ゆっくりと体勢を立て直すと、チャンネルをバラエティ番組に変えた。八畳ほどのワンルームには似つかわしくない大型テレビの画面が変わると、今年ブレイクしたお笑いタレントがいつもの決めゼリフを言っている。どうせ来年の今ごろには姿を消していることだろう。

キッチンでは美沙が遅めの朝食を作っていた。トーストにコーヒー、それとスクランブルエッグをお盆に載せ、テーブルに持ってくる。

「さぁ、準備できたわよ。ねえテレビを消して。お母さんから言われたでしょ。食事の時はテレビを見ないって。テレビを見たまま食事をすると消化に悪いから」

最近、美沙の母親のような態度は毎度のことになってきた。昔なら笑い飛ばしていた言葉も妙に癇に障る。それでもオレはそんなイライラを抑え込んで言った。

「オフクロなんていないさ。父親が離婚してからずっと父親と二人暮らしだったんだから——」

「ごめん、そうだったよね。だけど私もお兄ちゃんと二人きり。私の場合は交通事故だけど」

冷蔵庫からオレンジジュースを出してきた美沙は、それをテーブルの上に置きながら少しだけ寂しそうに笑う。そんな顔を見たオレは、仕方なくテレビを消した。

彼女と半同棲を始めて半年になる。以前オレはネットカフェを寝床にしていたが、『そんな所じゃ体に悪いから』と言う彼女の誘いもあり転がり込んだのだった。

『あなたがどうしてもって言うから』

ここに出入りし始めたころ、彼女は事あるごとに同棲のきっかけをオレに押しつけてきたが、本当のところ、そんなことを言ったのかどうか思い出そうにも思い出せない。

『お前だろう、最初に同棲しようって言い始めたのは』と言い合う時期もあったが、三ケ月が経過するころにはどうでもよくなり、お互いの話題に上らなくなった。彼女が家事全般をこなしてくれるおかげで、一人で暮らすよりよほど便利だった。

オレが家を飛び出たのは高校を卒業してからすぐのことだ。大学に行くことを親から勧められもしたが、それで何が変わるのか考えたこともなかったし、このまま親父の言う〝まっとうな道〟を歩くつもりはなかった。

かといって何がしたいかと考えても何も思いつかず、そのままズルズルと、昔居酒屋で出会ったパチンコ屋の店員に誘われて、この道に入っただけだ。

月に二日、まともに仕事をすればそれなりに食っていける。あとは気楽に遊べばいいだけのことだ。この自由奔放な暮らしに満足していた。

世の中には、ちっぽけな自分にはどうしようもないことが渦巻いている。小学生のオレに両親の離婚を止めることはできなかった。一人寂しくコンビニ弁当を食べている時、現実を受け止めるためには強くならなきゃいけないと思ったのだ。

以来、高校へ進学しても、卒業して家を出たあとも、誰にも頼らず一人で生きてきた。今彼女と暮らしているが、それはあくまでも便宜上のことで、一人であることに変わりはない。これまでも、そしてこれからもずっと、信用できるのは自分自身だけと、そう自分に言い聞かせている。

4

四月二十六日日曜日、ブライトン。

昨日までの晴天が嘘のように、蒸し暑い雨が降っていた。雨といっても霧雨で、通行人を丸ごと包み、傘を無視するかのように衣服を湿らせていく。混雑していた道路には信号を待つ数台の車しかなかったし、夜半に撤去されたのか、昨日の事件の張本人だったあのトレーラーも、もはやそこにはなかった。まるで霧雨の中で夢を見ていたような感じだった。

朝の七時に突然、携帯電話の呼び出し音が部屋に響いた。ベッド脇のテーブルからそれを無意識に取ると、「ウィリアム！」と興奮した声が聞こえた。

「おい、すごいことになったぞ」

マイケルの声だった。

「すごいこと？」

それには何も答えず、緊張した声が続いた。

「今から迎えに行く。準備してホテルの前で待っていてくれないか?」

「何かあったのか?」

「それはあとで説明するから。とりあえず外に出ていてくれ」

ウィリアムは、横で寝ているリサを起こさないようにそっとベッドを抜け出した。昨日はテレビをずっと見ていたせいか、寝たのはあたりが明るくなってからだったため、彼女はその電話に気づかず、ずっと眠り続けている。

慌ててスーツを着ると、ウィリアムは髭もそらずにホテルの外に出た。そこにはマイケルの自家用車であるジャガーが停まっていた。パワーウインドーが開きマイケルが声をかけてくる。

「おはよう。意外と早かったな」

時計の針は、七時十五分を指していた。

「待ったか?」

「いや。お前が出てくる一分前に着いたところだ。まあ乗れよ」

ウィリアムが助手席側に回り込む。

「お前がこれほど焦るなんて珍しいな。いったい何があったんだ?」

「彼が見つかった――」

「彼って？」

ウィリアムは誰のことかつかめずに聞き返した。シートベルトを着けたと同時に車は雨の中を滑り出すように走り出した。溜まった水が路肩に散った。

「昨日テレビを見ていなかったのか？」

「見てたさ」

「じゃ、分かるだろ。彼だよ。被害者で行方不明になっていた男だ。確かテッド何とかという名前だったと思うが」

「じゃあ、良かったじゃないか」

「良くはない。だって見つかったといっても死体で見つかったわけだから」

「トレーラーの下からか？」

「いや違う。水死体で。それもポーツマスで、だ」

「ポーツマス？」

ウィリアムは、驚きの声を上げた。ポーツマスは古くからの軍港の町で、ここから西に八十キロ以上は離れている。ノルマンディ上陸作戦の船もここから出港したことがある。

「なぜポーツマスなんだ？」

自然と声が大きくなり、心臓の鼓動も高まる。習性といえば習性だが、単なる交通事故がミステリーめき、がぜん記者魂に火がついた。

「そんなことは知らない。今朝の四時に釣り人が見つけたんだ。突堤のところで浮いているのを」

「じゃ、昨日の行方不明っていったいどういうことなんだ」

「それを調べに今からポーツマスに行くんだ」

「婦人が嘘をついていたのか？」

「警察もそれを調べたんだが、ちゃんと彼女が旦那と二人で食事をしていたところを何人も見ている。それに現地からの報告だと、旦那の死亡時刻には彼女はテレビに出ていたんだからアリバイは完璧さ。それより疑問なのは、なぜポーツマスで見つかったかということなんだ」

「考えられることは？」

「分からない。それよりキミをこんな朝早く呼び出したのも、昨日のムービーをもう一度見せてもらいたいからなんだ」

「それは大丈夫だが、不思議な事件だな。運転を替わるから見てみたらどうだ？」

マイケルはうなずくと車を海岸沿いの路肩に停め、車から降りた。それからねずみ色をした海から吹きつける雨に目を細めながら、助手席のほうに移動した。

「『ファイル1』に入っているからな」

そう言ってウィリアムはバックの中からノートパソコンを出した。昨日のうちにダウンロードしておいたのだった。車の中で手渡した瞬間、マイケルの携帯が鳴った。あまりにも大きな音だったのでウィリアムは苦笑いした。

「笑うなよ、音量だろ？　現場だと聞こえない時があるから。もしもし……ええ……そんな……分かりました。今ポーツマスに向かっているところですが、急いで向かいます」

そう言うと受話器のボタンを押した。

「何かあったのか？」

「さらにとんでもないことになった」

マイケルは顔をしかめ、大きな声を出した。

「単なる事故なんかじゃない。殺人だよ」

現状を把握し切れていないウィリアムは、少しイラついていた。

「殺人？」

「ああ、それも猟奇殺人だ。詳しい情報は今収集中だそうだが、発見された死体に心臓がなかった。現地の記者からの電話だ」

「何、心臓が？」

「そうだ。それも心臓の部分だけが綺麗に切り取られているらしい。素人には絶対に不可能だそうだ」

「なぜ、心臓が？」

「よく分からない。取材中の記者が発見者に聞いて明らかになったみたいだ」

「発見者が？」

「そう。昔海兵隊の衛生兵として従軍していたらしいから、すぐに異変に気づいたんだろう」

「なんかミステリーみたいだな。ブライトンで行方不明になった人間がポーツマスで、それも心臓だけ切り取られて死体で見つかる。妻にはアリバイがある。普通なら共犯がどこかにいる線だろうが、なぜそんなに込み入った芸当をする必要があるんだろうか？」

「とりあえずポーツマスに急ごう。見つかったのは海軍の敷地内で、運び込まれた場所は海軍病院だそうだ。ちょうど解剖の施設があって、そのまま死体を調べているらしい」

二人を乗せた車は、国道に入ってさらにスピードを上げた。先ほどよりも雨が強くなったのでジャガーのワイパーの速度が雨量と連動し忙しく動いている。


雨の中をひたすら走り、ポーツマスにおよそ二時間で到着した。車の中で二人はこの〝謎〟について話し合ったが、結局、結論は出なかった。マイケルも何度も映像を見直したが、手がかりとなるものは何も見つけることができなかった。

イギリスきっての軍港にある海軍病院だけあって警備は厳しかった。ゲートの前で二人の守衛に停車させられたが、本社経由で取材許可を事前に取っていたこともあり、守衛は親切に遺体が置かれている場所を教えてくれた。

普段なら事故死体は市民病院に搬送されるのであるが、見つかった場所が偶然にも海軍病院の敷地内だったこともあり、そこで軍医立ち会いの下で司法解剖が行われることになったのは異例といえば異例である。

死体が安置されている部屋の前で、警察官と軍関係者に取り囲まれた一人の女性がベンチに座っていた。それが被害者の妻であるのはすぐに分かった。

「報道の方ですか?」

立ち止まりながらその様子をジッと見ていたのを気に留めたのか、海軍の軍服を着た二十歳くらいの下士官が話しかけてきた。

「そうですが」

マイケルが応えた。

「今遺体の身元確認が終了したところです。記者会見は後ほど十五時から行われる予定です」

「やはり殺人なのでしょうか？」

ウィリアムが質問した。

「私には分かりませんが、司法解剖をいったんこちらで行ったあと、警察病院のほうに搬送されてもう一度チェックが行われるそうなので、あとは警察に訊かれたらどうでしょうか。とりあえず、待合室のほうでお待ちいただけませんか？」

その下士官は丁寧に応対し、それから二人を待合室に案内した。

待合室といっても、今回の記者会見のために会議室を急ごしらえしたものであった。昨日の事故のこともあってか新聞記者やテレビクルーなど、もう十人以上がそこに待機しており、二十人用ぐらいの会議室は機材と人で混んでいた。

「十五時前まで外に行くか。ほら本社からも何人か来てるから場所は大丈夫だ。会見が早まれば電話をくれるだろうし、こんな空気の悪い場所で待つのも嫌だし。それに朝飯も食ってないからな」

「それがいい。朝からビールを飲むわけにはいかないが、時間があるから車でポーツマスの町でも流すか？」

ウィリアムは報道人のほうを一瞥した。

ヴィクトリア時代にできたという古い町並みの中のパブで、フィッシュアンドチップスとラガービールで少し早い昼食をとったあと、二人が海軍病院に戻ってきたのは十二時三十分を少し回ったところだった。先ほどの会議室に行くと、そこには人が入りきれず、廊下もごった返していた。他の部屋も考えられたようだが、ここより広い場所はその病院になかったから、急きょ一社二人の入室制限が設けられることになった。

報道陣からは若干の不満の声も上がったが、結局は警察当局の意向に従うこととなった。

「被害者はテッド・バレー。一九六六年七月十五日生まれ、年齢は五十三歳。現在シティにあるユナイテッド証券の管理課長をしている。死因は水死。死亡時刻は昨日の深夜一時ごろと推定される。昨日ブライトンで起きた交通事故の現場に居合わせたもののの、その後の足取りはつかめずにいた。現在事故、事件の両面で調査をする予定。以上」

会議室で三時間以上待たされた。三時半過ぎ、会見が始まった。ポーツマス市警の警視が手に持ったメモを棒読みした。記者から手が上がる。

「なぜ、身元が簡単に割り出せたんですか？」

記者の一人が大声で質問した。朝から待たされたことにかなりイラ立っているのが分かる。

「遺体の衣服の中から運転免許証が見つかったからだ」

「聞くところによると、被害者には心臓を切り取られた痕があるとのことですが？」

「そんな事実はない」

警視はぶっきらぼうに答えた。

「遺体を見つけた釣り人が背中に綺麗な切開の痕を見たと言ってますがどうですか？」

「たぶん見間違いであろう」

「そんなことはありませんよ。だって釣り人は軍事関係者でしかも衛生兵をしていた実績があり、見間違うことはないと証言しています」

「それは事実の誤認であり、司法解剖の結果水死体という結論が出ている」

「被害者がなぜ、八十キロも離れたポーツマスで見つかったと思われますか？」

「その件も現在調査中であるのでコメントは控えたい」

「昨日の事故の運転手が未だ不明とのことですが、何か情報はお持ちですか？」

「管轄が違うので詳細情報はブライトン警察のほうから上がってきてはいない。現在調査中とは聞いている。他に質問は？　なければこれで記者会見を終了する」

そう言うと、警視はメモをポケットに押し込み、足早に部屋から出ていった。あまりに短時間の会見だったので二人には少々不満足に思えたが、それより、なぜ心臓を切り取られた死体を水死体と判断したのかが不思議だった。

外に出ると雨は上がっていた。路面にはまだ水溜りがあったが、それを避けるようにしながら二人は駐車場へ向かった。雲間に陽射しが出たのか、雨上がりの道がその光でキラキラと輝く。時間は午後の四時近くになっていたが、陽射しはまだ高かった。

「晴れたな」

ウィリアムは空を見上げて言った。

「どう思う？　警察の調査を待たないと分からないけど、犯人は嫁さんか？　どう考えても警察は何か隠しているとしか思えないんだが」

「ああ、彼らは何か隠している。それは分かる。が、なぜ心臓のことを秘密にするんだ？　第一発見者は退役したじいちゃんだけど、現役時代は衛生兵として訓練を受けてるんだ。そんな人間が見間違うはずはない」

「そうだな」

「嫁さんが犯人なら心臓が切り取られた事実を公表してもいいはずじゃないか？」

「オレもそう思う。だけど彼女はどう見てもシロだぞ。だって殺す動機がない。事故のあった日はテレビカメラに追われていただろう？　それとも共犯がいるのか？　だけどそれほど事件を複雑にする必要性はないだろう。自宅でピストルでズドン、それで十分だ」

「それもそうだ」

ウィリアムは持っていた車のキーを放り投げた。マイケルはそれを両手で受け止めると車のドアを開けた。

「点と点はあるのにそれが一つも繋がっていない。まるでミステリーだよ」

「ところで、お前はこれからどうするつもりだ？」

二人は車に乗り込んだ。

「あの奥さんからコメントを取りたいと思うんだが」

ウィリアムはマイケルに訊いた。

「できるか？」

「やってみないと分からない。お前も来るか？」

「いや、このまま帰るよ。今日中にロンドンに帰らなきゃいけないから。ロンドンでデスクとの会議があるんだ。会見の報告もあるし。こっちで何か分かったら教えてくれないか？　スクープにはしないから」

ウィリアムは笑った。

「もちろん。ただし、ビール二パイントと引き換えだ」

冷え切ったエンジンの重たい音があたりに響き渡った。

「すまんが、駅まで送ってくれないか。リサが待ってる」

「ああ、いいよ」

「ところで、被害者の奥さんの居場所分かるのか？」

「たぶんな。警察の送り先といったら、旦那の実家のホーブかそれともロンドンの自宅だろ。両方とも住所はハッキリしているから捕まえられると思うよ。それに葬儀の手配や警察の対応があるだろうから、どちらかといえば旦那の実家に帰ってるんじゃないかな。とりあえずお前を駅まで送ってから現地の駐在員に聞いてみる」

「悪いな。本当ならボクも行きたいところなんだが、しょうがない。またロンドンでな」

ウィリアムは残念そうな声を出した。できることならこのまま一緒に行きたいと思ったが、何も言わずにホテルから出てきたのでリサのことが気になった。

5

翌日、四月二十七日月曜日の昼、ピカデリーサーカス近くの本社ビルにウィリアムはいた。

朝から昨日の事件のことでずっと会議が続いていた。昨日ウィリアムはいったんブライトンのホテルに帰ると、その足でロンドンの本社に出社した。

「また仕事なの？」

リサはいつもどおり不満そうな声を出したが、スクープ記者として名声の高いウィリアムにはそれもしょうがないことだった。

会議の途中でウィリアムの携帯が鳴った。表示を見るとマイケルなので、急ぎ会議室から出て電話を受けた。

「何か分かったのか？」

「いや、何も。それより事件がだんだん複雑になっていくのだけは分かる」

「もったいぶるなよ。何があったんだ?」

窓の外のピカデリーサーカスを見下ろした。観光シーズンなのか、大勢の観光客を乗せた名物の二階建てバスが何台も信号待ちをしている。

「昨日の夜、例の奥さんにホープの実家で会うことができた。テレビで見るより小柄で気さくな人だったよ」

「それで?」

「彼女は犯人じゃない。憔悴しきっていた。最初は断られたんだけど、警察の発表に納得できないと言うと黙って中に入れてくれた。彼女の話によると結婚二十五周年だから、ブライトンに家を買って……それも被害者の両親と住むためにだぞ。引っ越しの打ち合わせにホープに来てたみたいなんだ」

「殺す可能性は?」

「全然ない。動機もそうだし、それより本人に会えばすぐに分かるよ、そんな人じゃないのは。それは長年の経験で分かるさ」

「お前が言うならそうなんだろうな。ところで心臓の件はどうだった」

「彼女は遺体安置所で主人の顔を確認させられたが、水死ということだけで、顔以外は見ていない。事件性がないので、遺体は今日帰ってくるらしいが、本人も驚いてたよ」

「そうか。じゃあ明日にでも確認させてもらうしかないな。遺体が帰ってきたら警察の発表が正しいかどうか証明できるだろうし」

「ああ、ところでリサは元気か？」

「もちろん、元気にしてる。一度家で食事でもって言ってたよ。お前に会いたがっているから、一度こっちに戻ったらうちに寄れよ」

「本当にいい奥さんだな、彼女は。久しぶりに彼女の手料理でも食いたいな」

「そう言やお前、再婚はしないのか？　もう四十四だぞ」

「いやぁ、ガールフレンドもいないし。まあ独身が気楽かな」

「まあな。独身は気楽でいいよな。その話は今度聞かせてくれ。それよりもう会議に戻る。今、あのブライトンの事件の会議中でね。スクープ映像だったこともあるんだが、もう少し調査をしたらどうだろうかという話になってる。その時はよろしくな」

「おいおい、自分の足で取材しろよ。まあお前とオレの仲だからしょうがないが。それじゃまた連絡するから」

そう言うと電話は切れた。

ウィリアムが会議室に戻ると、そこにいた十人ぐらいが一斉に彼のほうを見たので、遠慮がちに席に着いた。

「繰り返すようだが、今回ウィリアムが偶然その現場にいたためにスクープ映像を撮り、世界に配信することができた。しかしながら昨日行方不明者が死体で見つかったこともあり、事件は混迷の様相を呈している。今回特別に取材チームを結成するので、手元にある役割に基づき各自情報を収集してもらいたい。よいか」

デスクの声に、全員が大きくうなずいた。


夕方五時近くになってリサから電話があった。ウィリアムはタイプしていた手を休めた。

「今日の夕食はどうするの？　それとも昨日みたいに会社に泊まる？」

「今のところまだ分からないけど、たぶん外で食べることになると思うな。今も報告書を作ってるところだから。でも今日は家に帰るよ」

「そう、あまり無理しないでね。あなたは仕事となると他のことが目に入らなくなるから。中東もそうだったたし、アフリカもそうだったでしょ」

リサは、彼が駐在していたころを思い出していた。携帯さえ通じない奥地に入って何日も連絡が取れないこともあった。どれだけ離婚を考えたかもしれないし、そのたびにケンカにもなったが、彼のことが好きでどうしても離婚することはできなかった。

「大丈夫、ここはいつでも携帯が通じるんだから」

「それならちょっと安心だけど、寝ないで待ってるからね」

その時電話が鳴った。受話器を上げるとマイケルだった。それで慌てて携帯を切った。

「何かあったのか」

「いや、被害者の話なんだが」

マイケルの声のトーンが落ちていた。

「どうかしたのか？」

ウィリアムは尋ねた。

「いや、実は、遺体は戻ってこなかった」

「えっ、何？」

「今奥さんから電話があったんだが、警察が勝手に火葬したらしいんだ」

「なぜだ？　警察にそんな権利はないだろう」

「オレもそう言った。奥さんもそう抗議したみたいだ」

「で、警察は？」

「軍事基地で見つかった死体は機密保持のために火葬にしないといけないって言ったそうだ」

「そんなバカなことがあるか？　ただの水死体だろ」

　ウィリアムは警察の暴挙に呆れ返った。

「だけどそれが事実なんだ。どうしても心臓の話には触れられたくないみたいだな、警察は」

「どうする、報道するのか？」

　ウィリアムは真剣な表情になった。

「そうしたいが、推測報道になってしまう。タブロイド版ならいざ知らず、うちはキー局だからな。それに警察との関係上、やすやすとは報道できない。記者クラブから追い出されるわけにはいかないからな。ところでお前のところは？」

「うちも同じだ。お前のところが報道しないとなると、通信社は何もできない。知ってるだろう。人権問題としてなら別だが」

「人権問題として叩くか？」

　マイケルが力強く言った。

「殺人事件と人権問題、論点が逸れないか？」

いくら事実がおかしいといっても、記事にできなければしょうがない。そう思って記事にする糸口を考えたが、答えは出なかった。

「それより、彼らはいったい何を考えてるんだ？　警察が隠蔽する理由は？」

「調べてみる価値はありそうだな」

「そうだ、お前に言うのを忘れてた。今日の午後一通の手紙がデスクに届いた。それがわけの分からない手紙でね」

ウィリアムは周りを見渡すと、周りを警戒して小声になった。

「明日、エジンバラで殺人があるというものなんだ。この事件に関連しているのか、それともしていないのかは分からないし、テレビを見ていたヤツのいたずらかもしれない。まあ一応それだけの報告だ」

「お前はどうする？　行くのか？」

「とりあえず、気にはなってる。警察に言ってもいいが、この調子ならたぶん取り合わないんじゃないか？」

「それもそうだな。また何か動いたら連絡する」

6

二〇二〇年四月三十日木曜日。

一人の外交官が飛び込み自殺をした記事が載ったのは、ブライトンの事故五日目の朝刊だった。

事件は二十八日火曜日の深夜に起きた。場所はエジンバラ駅から北へ八キロの地点、貨物の引き込み線への飛び込みである。通常そんな引き込み線では通過する列車の本数も少なく、自殺は滅多に、いやほとんど起きないのであるが、今回は違った。

目撃者の話では、突然列車の中央部でドーンと音がしたという。飛び込み自殺なら先頭車両に飛び込むのが普通なのだが、今回異変があったのは中央部であったためにそのまま運行し、死体が車輪に巻きつきスピードが落ちたところで停止した。音のした場所から二キロも離れたところだった。

体の一部は車両に付着していたものの、そのままの状態で走行したために二キロにわたり死体が散乱していた。

事故現場で綺麗に分断された下半身が発見されたが、上半身はそのまま車両に引きずられたために上腕部が六百メートル、頭部が八百メートルのところで発見された。バラバラになった死体の確認は難航した。当初身元を明確にするものは何も見つからなかったが、水曜日の正午ころ、スーツの上着が線路脇の側溝から見つかり、そこからパスポートが発見された。

死体の身元が判明したのは、水曜日の夕刻のことだった。

名前はピーター・アーサー。アメリカ人の二等書記官だった。彼は二十七日の夜から祖父の家を訪問していたが、翌日昼近くに床屋に行くと家を出て、突然姿を消した。夜になっても帰宅せず、携帯も通じず、被害者の祖母が不審に思って警察に捜索願を出したのが夜の九時のことだった。

独身だったために、両親がアメリカから急きょ呼ばれたものの、死体確認は祖父と祖母がすることになった。あまりにも悲惨な状況であったので、祖母がその場で気を失ったのも当然といえば当然で、死体を見慣れているはず警官でもその場で嘔吐する者がいた。

初めは身元を判別するのは難しかった。頭部は残されていたといっても、顔は無残にも車輪に押し潰され、原形を留めていなかったからだ。だが幼いころ、祖母がこぼしたポットのお湯で右腕に負った二十センチ程度の火傷が決め手になった。

当初は〝自殺理由〟がなかったので、警察は事件と事故の両面で調査を始めたが、上半身が線路脇で見つかるとすぐに殺人事件に切り替わった。ブライトンと同じくその上半身には心臓がなかったからである。

マイケルから自宅に電話があったのは五月一日金曜日の朝十一時のことだった。

「おい、エジンバラの事件知ってるか？」

「ああ、ちょうど電話しようと思っていた時だった。今朝の新聞で見たよ」

ウィリアムはテーブルで少し遅い朝食をリサと一緒にとっていた。

「現地の特派員の報告だと、今回も心臓が切り取られていたみたいだ」

「今度は警察もちゃんと発表したみたいだな」

「そりゃそうだろう。先週のブライトンの事件もタブロイド版が推測記事を発表したから、今回はちゃんとしないといけなかったみたいだ。さすがに不信感が爆発するのは困るんだろう」

「だけど、なぜ、ポーツマス警察は情報を隠蔽する必要があるんだ？　そりゃ捜査のためなら理解はできるが、事実を隠蔽すると逆に捜査の妨げになるんじゃないか？」

「オレもそう思う。あ、そうだ。それとブライトンの事件、運転手が分かったよ」

マイケルが思い出したように電話口で叫んだ。

「運転手が？　どこで見つかった？」

「いや、それが少し複雑なんだけど、あのトレーラーにはリモートコントロールがついていたんだ」

「遠隔装置が？」

「ああ、これも特派員が現地の警察官に金を握らせて取った情報らしくて、オフィシャルなコメントではないんだが。どうも初めから運転手は乗っていなかったみたいだ」

「なんでそんなものをつける必要があったんだ」

「それは分からないが、単なる事故でないのだけは確かだな」

「それでも警察は捜査を中止した、というわけだな」

ウィリアムは確認するように分かりきった質問をした。

「そうだ」

「ところで、今度のエジンバラの被害者はどんな人間なんだ？」

「アメリカの外交官だ。ちょうどロンドンからエジンバラに出張中に事故に遭ったみたいだ。それも持っていたパスポートからすぐに判明したそうだ」

「外交官か。ブライトンの事件の被害者と今回の被害者の接点は？」

「オレの聞いた限りでは今のところ何もない。同じロンドン在住というくらいだ。今調べているところだが、ただ一つ共通点として言えることは、今回も心臓が綺麗さっぱり切り取られていた点なんだ。模倣犯には決してマネできない芸当ではある。つまり外科医が絡んでないとそこまで上手く事は運ばない」

「外科医がか？　何が何だか全然分からないな」

ウィリアムは電話口で溜息をついた。

「今朝のタブロイド紙はこの二つの事件を関連づけて『現代の切り裂きジャック』と銘打って騒いでいるが、なんの根拠もない。ヤツらは売れればいいだけなんだから、オレたちとスタンスが違う。そうだろう」

マイケルは付け加えた。タブロイド版とは違うという誇りが彼の会話に窺い知れる。

「今からでも会えないか？　電話じゃなんだから、直接会って話をしないか？」

電話で用が足りるならそれに越したことはないのだが、会って話をすれば真実がつかめることをお互いの経験で知っていた。

「やめてくれ、今朝までずっと仕事だぞ。さっきもリサに文句を言われたばかりだ。こんな仕事はやめてくれって。二日間もずっと缶詰になってたんだ。このままだと離婚されてしまう。今日はメイデーなんだから、祝日ぐらいは仕事を休ませてくれ」

「お前も悠長な男だな」

マイケルは呆れた声を出した。

「オレなんてもっと酷いぞ、今日も会社に泊まり込みだ。これで事件以来一度も家に帰ってない。シャワーも会社のを使ってるくらいだ」

「それはすごい。独身はいいよな。オレもそうしたいくらいだ。現地の取材能力もたいしたものだ。オレのところなんて、現地からほとんど情報が上がってこないぞ。来てもスクープなんて全然ない。なんでそんなに情報が集められるのか教えてくれよ」

「まあ、人徳と人望かな」

マイケルは笑った。

「お前にそんなものがあるか?」

「当たり前だ。お前とは違うから」

「明日は土曜日だ。例のパブにでも行かないか?」

「いいよ。覚えてるよ。トテナムコート通りのパブ、あそこだろう?」

「懐かしいな」

「ああ、七時でどうだ? よければリサも一緒に」

マイケルが気を遣った。

「彼女は友達と予定があるみたいだ。そう話してた」

実際は予定があるかどうか知らなかったが、マイケルがあまりにも彼女のことを口にするので、できることなら会わせたくなかった。

「了解。遅れる時は電話入れるから。それと早目に帰るからな。お前といるとどうも深夜になる。このままだとリサから離婚されてしまうよ」


翌日土曜日の午後七時ちょうどに二人はパブ『ブラックウィドー』の前で落ち合った。

「この店に来るのは何年ぶりかな」

ウィリアムは入り口で中を見渡しながら言った。入り口の前では数人のビジネスマンが立ち飲みをしながら、話をしている。「土曜日なのに仕事なんだ」と思いながら、彼らをかき分けるようにして中に入った。

店内は中の仕切りがなくなった以外、何も変わっていなかった。あえて言うなら飴色になった壁紙が、シガーのヤニが付けた年代なのか、陽に焼けたのか、濃くなったくらいで、電気も薄暗かったし、臭いも昔のままである。

通常パブは入り口が二つあって、一つは貴族用、一つは労働者用に作られている。以前はこの店の中にも申しわけ程度の仕切りがあったが、今はない。昔から二人ともその仕切りが嫌で、いつでも労働者の入り口から入ってそこから出たものである。

「仕切りがなくなって、広くなった感じがしないか?」

マイケルはラガーを二パイント頼みながらそう言った。溢れそうな泡に口をつけながらもう一つのジョッキを差し出した。

「オレもそう思うよ。時代の移り変わりだな。こっちのほうがずっといい。ところで、何か変化はあったか?」

「何もない」

ジョッキを渡して乾杯の合図のようにそれを小さく掲げると、ウィリアムもそれにならった。

「連続殺人なのか? それとも関係はないのか」

二人はパブの端に移動した。そこには小さなテーブルがある。

「唯一の共通点は心臓がなくなっていることだ。それ以外共通点らしい共通点はない」

「そうだな」

ウィリアムはビールを喉に流し込んだ。冷たいビールが胃の中に流れ込んでいくのが分かる。

「お前もオレも引っかかっているのは、この事件自体に謎が多いという点だ。なぜ、警察が情報を公表しない。なぜ、捜査を打ち切った。なぜ、行方不明の死体がポーツマスで見つかったか。なぜ、犯人はわざわざリモートコントロールの機械を使用する必要があったのか。それから今回のエジンバラの事件だろ。何が何だかさっぱり分からない」

「そうなんだよな。ミステリーだよ。そういえば例の映像チェックしたのか?」

「もう何十回見たことか……」

ウィリアムはジョッキをふたたび口に持っていった。

「何か写っていたか?」

「あればこれほどガブガブ、ビールなんか飲まないさ。もう一度整理すると、事故が起きてオレたちが現場に飛び込んだのがおよそ一分後。それからオレは本社に電話して、嫁さんにビデオを回させたんだ。撮り始めてから三分ぐらいで救急車がやってきた。その時注意されたんだ、救急隊員に。ビデオなんかをこんな時に撮るなって」

マイケルが口を挿んだ。

「ビデオを撮るな、か？」

「そうだよ。まああの状況で撮影するのが非常識なのは十分知ってるが、これもジャーナリストの義務だからな」

「ちょっと待て。おかしくないか？　なんで救急隊員はお前がビデオを撮影しているのが分かったんだ？　確かお前が使ってたのは、あの自慢のボタン型カメラだったよな」

「そうだよ。それしか持ち歩かない。隠し撮りには最適なんだぞ」

ウィリアムは自分のシャツについているボタンを誇らしげに摘んで見せた。

「おい、もう少ししっかりしろよ。お前も嫁さんも人目につくビデオカメラは回してないだろう……」

二人は同時にそのボタンを見た。

「そうだ。これは軍事スパイ用に作られたボタン型カメラ、それも最新のやつだ。オレが中東の取材でＣＩＡのヤツから無理やり買い取ったんだ。彼の浮気現場を押さえてな。普通の救急隊員にはそれがカメラかどうか判別はできない」

「ということは……彼らが犯人か？」

マイケルの声が上ずった。

「自然とそうなる。それに救急車の到着時間が事故後三分と異様に早かったからな。二台目以降の到着が十五分だから、まるでその事故を待っていたみたいだ。それにこれがカメラと分かる知識を持ったヤツらだ」

「情報部員か？」

「可能性はある」

ウィリアムはビールを飲み干した。

「彼らの顔はビデオに収めたのか？」

「分からないが、今この携帯に入っている。画面に映し出して見てみるか？」

「もちろんさ」

二人はパブを飛び出ると、タクシーを捕まえてそのままマイケルの自宅のあるシェパードフィールドに向かった。その間、マイケルは携帯電話の映像を何度も見返していた。

三十分ほどしてマイケルの家に着くと、二人は急いでテレビにそれを接続した。映像の細部を見落としていないかどうか確認するためである。

「顔は？　映ってたか？」

「いや映ってないと思うが画面が小さかったから分からなかった。もう一度モニターに映してみよう」

そう言ってマイケルは再生ボタンを押した。

映像にはストレッチャーに乗せられたケガ人は映っているが、救急隊員の姿は映っていなかった。

「ほら、こいつが言ってるだろ、撮るなって」

声だけは携帯の記録に残っている。

「ああ、確かにな。こいつはこれがカメラだと言う認識があったんだ。まあ普通の人にはこれがボタンかカメラか見分けはつかないよな」

「やっぱり情報部員の線は捨てきれないな」

「そういうことだな。こんなことになるなら無理やり救急隊員の顔を撮っておいたらよかった。何かの手掛かりになったのに」

ウィリアムは残念そうな声を出した。

「まあ、そいつも撮られてないのを確認したから、そのカメラを回収も破壊もしなかったんだろうけど」

「これで手掛かりがなくなった。マイケルも飲むか?」

ウィリアムは残念そうな声を出して隣りのキッチンに行くと、勝手に冷蔵庫から氷を取り出し、自分でグラスにスコッチを注ぎ込んだ。氷がカチッと音を立てた。

「おい、ウィリアム。このストレッチャーに乗ってる男を見てみろ」

「なんだ?」

ウィリアムは少し酔ったのか、目を擦るとテレビ画面をジッと見た。

「この男、もしかしたらあの被害者じゃないのか?」

「ちょっと待て、今確認してみる。奥さんからもらった写真がある」

そう言うとマイケルは机の引き出しから一枚の写真を取り出した。そこには自宅の庭先で鍬を持ちながら、奥さんと談笑している被害者のテッド・バレーの姿が写っていた。

「彼だよ、な?」

嬉しそうに言うマイケルに、ウィリアムは黙ってうなずいた。酔いが一気に醒める気がした。

「被害者のテッド・バレーは事故当日、一番最初にやってきた救急車で連れ出され、それから殺害された。そういうことだよな」

ウィリアムは頭を整理しようと書斎の中をグルグル回りながら話した。

「そうだ。それはそのビデオに証拠が残っている」

「じゃ、なぜ彼らはテッドを誘拐しないといけなかったんだ。それもこんなに複雑なやり方で」

マイケルはうーんと唸ると、手元のグラスに入ったスコッチを空にした。

「カモフラージュだろ」

「そうだ。ではなぜカモフラージュしないといけなかったのか？　なぜ事故に見せかけないといけなかったのか？」

「普通の誘拐だと目立つからだ」

「そうだ。目立つ。いつ捜索願が出されるか分からない。ブライトンの事故の場合、誰もがトラックの下敷きになったと思っていただろう」

「時間稼ぎか？」

「じゃ、なぜ時間稼ぎをしないといけなかったのか？」

「誘拐した事実を隠したかった」

マイケルは空になったグラスを突き出しながらそう言った。お代わりを注ぐのを忘れているようだったので、ウィリアムはグラスにウイスキーを注ぎ込んでやった。琥珀色の液体が五センチほど溜まったところで、ウィリアムも自分のグラスにそれを注いだ。

「なぜ、誘拐したのがすぐにバレるのがまずかったのか、だ」

「捜索願が出される可能性がある」

「きっとそれが理由だ。出されると目立つ。目撃者を一人でも作りたくなかったんだろう。それともう一つ言い忘れていた。今回の誘拐には少なからずＣＩＡかＭＩ６、もしくはそれに準拠する情報機関が関わっている。それはオレのカメラを見抜いたことで分かる」

「ということは、政府関係の人間が心臓を抜き取るために彼を誘拐して殺害したというのか？」

「当然そう考えるのが自然だろう。それなら警察が調査を打ち切った理由が分かる」

「なるほど」

マイケルが手を打った。その拍子にウイスキーがペルシャ絨毯の上にこぼれた。それを拭くそぶりも見せず、「だけどまだ疑問が残る」と言った。

「それは？」

「それほど完璧にカモフラージュしているのに、なぜ死体がそう簡単に見つかったんだ？　別に行方不明のままでもいいし、出てこないことも考えられる。あれほどの計画を作り上げたんだぞ。死体が見つかるようなヘマはしないだろう。エジンバラのケースもそうだ。死体を発見させないぐらいわけないことだろう。それにだ。エジンバラのケースはその日のうちに捜索願が出されている。一度目の殺人と二度目の殺人では手のかけ方が明らかに違う」

「それもそうだ。両方とも翌日に見つかったことには疑問が残る。それも身元が特定できる状況でだ」

ウィリアムはグラスを片手に、それほど広くない部屋の中をふたたび散歩するかのようにゆっくり行き来した。それからマイケルのほうを見ると、

「ミスをしたのか？」

「いや違うだろう。そんな単純なミスはしないはずだ。ただそれがミスではないとすると、一つだけ可能性がある」

ウィリアムはゆっくりとソファーに腰を掛けた。

「それは？」

「犯人が、いや犯人の一人かもしれないが、ヒントを残したかったのかもしれない」

「ヒント？」

「そうだ。もし被害者が死体となって見つからなかったら、これほど完璧な計画はないだろう。だが、犯人はこの死体を見つけてもらいたかったのではないか？」

「なぜ？」

「その理由は上手く言えない。仲間割れなのか、意見の相違なのか。でないと死体が見つかった理由がつかない。エジンバラのケースもそうだろう。見た目だと事故だが、検死の段階で心臓が切り取られているのが明らかになっている。もしそこまで綿密に計画を立てるなら、埋めるとか焼くとかして死体を見つからないようにして当然じゃないか？　犯人のこの行動には何かしらのメッセージが隠されてる気がするんだが」

「それもそうだな」

マイケルはよく考えもせずに返事したが、

「だけどなぜ心臓なんだ？　関連性があるのかないのかハッキリしないからなんとも言えないが、唯一関連しているのは〝心臓〟という臓器だけだ。他には何ら接点はない」

と腑に落ちない顔つきをした。

「心臓か」

ウィリアムはグラスに残ったウイスキーを飲み干してそうつぶやいた。時計はすでに深夜の二時を指していたので、すぐに帰ることにした。酔ってはいたが、帰らないとリサが心配するだろう。ロンドンにいる時ぐらいは心配させたくなかった。

7

次の日、五月三日、日曜日はいつもどおり六時半には起床した。休みの時ぐらいゆっくり寝たいと思うのだが、海外出張が多いのでロンドンにいる時だけでもリサと朝食をとりたいと思っていたのだ。結婚生活は今年で五年になるが、自分の出張のために実際は二年も一緒に住んでいないだろう。子供はできなかったが、それを理由に離婚はしたくなかった。

　目覚ましがいつもどおりの時刻を告げた。

「おはよう。昨日は遅くなってごめん。マイケルと飲んでたんだ。あのブライトンの事故のことで」

「そうなの？　先に寝たわよ」

　眠そうに目を擦りながらリサは目覚ましを止めた。

「知ってるよ。それで起こさないように注意してベッドに入ったんだから。キスしても気づかないぐらい熟睡してた」

「そう。ごめんね」

「構わないよ」

そう言ってウィリアムはシャワーを浴びに行った。


タオルで髪をふきながらリビングに戻ると時計は七時を差していた。

ウィリアムは新聞を読みながら、朝の支度をする彼女に昨日の出来事を話した。

「そう、心臓がキーワードなの？」

キッチンから振り向き様に彼女が驚いた表情を見せた。

「二つとも切り取られている。死体は見てないけど、両方とも綺麗に。まるで外科手術みたいだって。殺人にしては几帳面過ぎる」

リサはヤカンのお湯をティーポットに注ぎながら、

「もしかしたら、移植じゃない？」

と言った。

「移植？」

「そう。共通点と言えばそれよね。だけど、二人に共通点がないって不思議ね。そうだ、私がキャスター時代に一人インタビューした先生がサセックス州立病院にいるの。リチャード・ベル博士。移植の権威よ。電話してみるから行って聞いてみたらどう？　何か分かるかもしれないわ」

彼女は手ぎわ良くお茶を用意し、トーストとバターをテーブルの上に順序よく並べた。

「ハムエッグは？」

ウィリアムは黙って首を振った。


リサが直接サセックス州立病院に電話をしたのが午後二時だった。すぐに連絡がつくとは思っていなかったのだが、たまたま博士が電話に出た。学会の資料の準備ということで、偶然にも病院に来ていたらしい。

彼女が以前の職業を名乗ると博士も覚えていた。ちょうどこの日は博士に手術の予定がなく、午後の三時に面会してくれることになった。

その後、すぐにマイケルに電話をすると、彼も喜んで同席することになった。

ウィリアムはマイケルとビクトリア駅で落ち合い、午後三時に病院に向かった。すると、白衣を着た七十歳くらいの白い髭を蓄えた博士が、わざわざ受付まで出てきたのには二人とも驚いた。彼らは病院関係にはそれほど強くなかったが、移植成功のニュースで彼の名前はたびたび聞いている。

「はじめまして。リチャード・ベルです」

医学博士の名刺を出しながら、受付で丁寧にお辞儀をした。ウィリアムはあまりにも丁寧な扱いに半ば驚きながら、

「こちらはマイケル・マッケイ。現在ＢＢＣの編成局に所属してます。ボクはＢＢＣと契約をしているフリージャーナリストのウィリアム・ブラッドです」

と挨拶した。

これだけ高名な博士にしては意外なほど腰が低いところに二人は好感を持った。

「いや、お二人ともお名前はテレビで何度も聞いております。確か、ブラッドさんはアフリカと中東の戦場のレポートを何度かされておられたのを記憶してますし、スクープでは有名でいらっしゃる。マッケイさんは確か『タイムセブン』を担当されていたかと。久しぶりに奥様の声を聞いて驚きました。奥様には五年前に大変お世話になりましてね。番組で当病院を取り上げていただいたんです。そのおかげでイギリス中で移殖の認知度が上がりました。本当に感謝しております。ところで今日はどんな

ご用件で?」

そう言って二人の顔をマジマジと見つめた。

「突然で申しわけありません、実は二人ともある事件を追いかけておりまして」

「ああ、あのブライトンとエジンバラの事件ですね」

「驚きです。先生のお口からその事件のことを伺うなんて」

「初めから、あの共通点は理解しておりました。何せ専門ですから」

「実に驚きました。やはり先生もあの事件は〝移植〟が関係しているとお思いですか?」

「当然です。あの二つのケースは移植を目的としたものです。いや正確に言うとドナーが被害者だったという、それだけの話なんですが」

「ドナーが被害者ですか?」

「そうです。単純な話です。最初の被害者から心臓を摘出し、それを移植手術しようとした。しかし失敗した。時間がオーバーしてしまった。いや、何か心臓自体に疾患があったかもしれない。移植までの時間は、だいたい六時間が限度です。十年ほど昔では四時間が限度と言われておりましたが、今では医療も進歩し、最長で十時間のケースもありました。しかし、それ以上になると移植はできません。そのケースも考えられる。ただ何らかの理由でエジンバラの殺人が起きた。考えてみれば簡単な構図でしょ」

「はい」

二人の口から溜息に似た返事が漏れた。

「ともかく、あの二人の共通点は何なのでしょうか？　それがどうしても分かりませんし」

リチャードはニコリと笑うと、

「内緒でいい物をお見せしましょう」

と隣りにある自分のオフィスに彼らを連れていった。

部屋に入ると、数多くの著書と一緒にスクラップブックが書棚にところ狭しと置いてある。

「こちらにお越しなさい。実はこれは部外者にはお見せできないのですが、せっかくのお越しだから特別にお見せしましょう。奥様にはひとかたならぬご恩があることですし」

そう言ってデスクトップパソコンにキーワードを打ち込んだ。

「何ですかこれは？」

ウィリアムは画面を見ながら驚きの声を出した。

「まあまあ、最後まで見てください。ここにブライトンの被害者の名前を打ち込みます。確かテッド・バレーでしたよね」

「はい」

「生年月日は？」

マイケルは手帳を繰った。

「一九六六年七月十五日生まれです」

「ありがとう。次にエジンバラで死体で見つかったアメリカ人、確か名前は……」

「ピーターです。ピーター・アーサー」

「そうでした。生年月日ですが、分かりますか？」

マイケルは手帳をもう一度見て確認した。

「一九九〇年三月十五日です」

「分かりました。それを入力します。そうすると答えが出ます」

「答えですか？」

「ええ、殺人者がなぜ彼らを選んだか、です」

8

五月三日夜十一時三十分、世の中はゴールデンウィークだというのに、美沙は今日も雑居ビル三階にあるオフィスにいた。

一人残された部屋は、経費節減のため灯りが消されている。頭上の蛍光灯だけが青白い光を放ち、キーボードを叩く美沙の疲れた顔を照らしていた。

高校卒業後、今の消費者金融大手『東京ローン』に入って三年になる。テレビで毎日のようにＣＭが流れている有名な会社だが、美沙は最近、毎日の生活に疑問を持ち始めていた。

駅前でのティッシュ配りから始まり、受付での接客、書類の作成、電話応対――。冴えない上司の下で深夜までサービス残業を行い、休日は掃除と洗濯で暮れていく。はたして私はこのままでいいのだろうか。漠然とした将来への不安が込み上げてくる。

入社当初、確かに仕事にはやりがいを持っていた。お金に困っている人たちの喜ぶ顔を見るたびに、人助けをしているような気分を味わえたものだ。

ところが現実はそんな綺麗事ではすまない。

大半の客は何か目的を持って借金するわけではなく、ただ享楽を貪るためだけに借りていく。中には意図的に踏み倒そうとする人たちもいるし、ここ最近は焦げつく案件が増えていた。

一方、貸す側も貸す側だ。明らかに返済能力に欠ける人々へ、法定ギリギリの額を貸し付ける。窓口には私たち女子職員を座らせるが、その後はお決まりのコース。返済を滞らせた客への取り立てには、強面のお兄さんが登場するわけだ。

『困った方の力になりたい』

そんな謳い文句の裏で繰り広げられる騙し合いに、美沙はやりきれなさを感じていた。

しかし、仕事への疑問は今日に始まったことではない。ここ最近、特に美沙を落ち込ませていたのは恋人・直人のことだった。

エクセルシートに数字を打ち込む手が突然止まった。視線は左手に向けられていた。デスクライトに照らされて薬指の付け根が鈍く輝いている。この前、直人からプレゼントされた指輪だった。

美沙は指輪を外すと、そっと目元にかざしてみた。誕生日プレゼントとして渡されたが、正直どこのブランドかも分からない安物だし、中央につけられたダイヤだって、どうせイミテーションに決まっている。

体からドッと力が抜けて自然と溜息が漏れていた。しかし、美沙はプレゼントの値段が不満なのではない。恋人へのプレゼントをパチンコの景品ですまそうという彼の気持ちが寂しかった。

二人が出会ったのは今から四年前、十七歳の時だった。

同じ高校に通い、二年に進級する際のクラス編成で同じクラスになったのである。しかし二人とも部活にも入らず、特に直人は学校へもあまり登校せず欠席ばかりだったため、接点もなく半年が過ぎた。ようやく初めて言葉を交わしたのは、冬の日のある事件がきっかけだった。

当時すでに働いていた兄から学費などは出してもらっていたが、友達との付き合いや学校行事などで、どうしてもお金がかかる。ある日、美術の授業で絵の具が必要になったが、それを買うお金が美沙にはなかった。学校はバイトを禁止しているため、自らお金を稼ぐことはできない。駅前商店街の文具店で絵の具を眺めていたが、それをこっそりバッグに入れてしまったのだ。

魔が差したとしか言いようがない。店員に見つかると事務室へ連れていかれ、すぐに学校へ連絡された。

「どうしてこんなことしたんだ！」

飛んできた担任が美沙を責める、と同時に店主へ謝罪していた。

「このたびは申しわけありません。ここは一つ穏便に……」

学校の評判を気にして『警察へは通報しないでくれ』と暗に言っているのだった。とはいえ、担任に知られたことに変わりはない。『停学』は免れないだろう。兄の困惑する姿を思い描くと、胸が締めつけられる思いだった。

ところがそんな時、事務所の扉が開くと、直人が悠然と入ってきて言ったのである。

「彼女を脅して万引きさせたのはオレです。処分ならオレにしてください」

唖然とする店主と担任を尻目に、直人は深々と頭を下げた。突然のことに美沙は言葉も出なかったが、混乱する頭をようやく整理し、何か言おうとした。ところが、直人はそれを強引に制し、説明させてはくれなかった。

結局美沙は脅されて行ったこととしてお咎めなし。普段から素行不良だった直人は一週間の停学処分となってしまったのである。

美沙は指輪を見つめながら、あの時、処分が決まり、職員室から開放された時に直人が言った言葉を思い出していた。

『停学なんていつものことだ。店でお前を偶然見かけてな。まさか万引とは思わなかったけど、やるならもう少し器用にやれよ。ただ、都合も考えずにあれこれ持ってこいって言うヤツらが悪いんだから気にするな』

直人は全ての事情を知っていて、あえて身代わりになってくれたのだった。いつの間にか、美沙は直人に惹かれるようになり、自然と付き合いが始まった。

そんな直人が、今は定職も持たずにパチプロとして生計を立てている。一緒になれるといいなあと思っていたが、その甘い期待はいつしか小さく萎《しぼ》んでいった。

優しかった直人はどこへ行ったのだろう。最近、直人の生活がどんどん荒んできているような気がする。これもパチプロという仕事のせいなんじゃないだろうか。付き合っている仲間はワルばかりだし、私への態度も冷たい。

これから先、私たちはどうなるのか。心に巣くった不安に押し潰されそうで、美沙は体から力が抜けていくのが分かった。

9

「なぜ、殺人者が彼らを選んだか分かりましたか？」

博士は、真剣な表情で二人を見た。二人は同時に首を振った。

「じゃあ、答えをお教えしましょう。それはＨＬＡなんです」

「ＨＬＡ？　いったいなんですか、それは」

博士はクスリと鼻で笑った。

「ＨＬＡ、つまり（human leukocyte antigen：ヒト白血球抗原）です。今から三年前に、わが国で健康診断が義務づけられたことを覚えていますか？」

二〇一五年、ＷＨＯは骨髄移植に必要なＨＬＡ検査を義務化する採択をし、加盟国は続々と法制化していった。イギリスで施行されたのは二〇一七年のことだった。

「はい。受診しないと税金が上がるということで受けました」

「そうでしょ。その時、簡単に説明を受けたと思いますが、移植の説明をされませんでしたか？」

「あんまり覚えていませんが、受けたような、受けていないような、はっきり覚えていません」

「このＨＬＡは抗体反応なんです。今から十年前、いやこの登録制度ができる以前、移植は大変難しいものでした。骨髄移植にしても、適合する、しないという問題があって、家族間でもかなりの確率で失敗していました。成功率でいうと、確か二十五パーセント程度だったでしょう。しかしながら現在は違います。このＨＬＡが登録されてからというもの、ほとんどの場合移植手術での失敗はなくなりました。何せ適合する〝型〟がコンピューターに登録されているわけですから。そうでしょ。今回の事件はこのＨＬＡが事件のきっかけになったと思っています。このスクリーンを見てください。いいですか？　まず、部位、この場合心臓と入力します。それから名前と生年月日から型が割り出されます。つまり二人の被害者の型が同一だということが分かるでしょ」

　博士はパソコンの画面を指差した。

「二人が同一のＨＬＡ、なんですか？」

「そうです。それが今回の事件の真相です」

博士は振り返りながら当然のように言った。

「すみません。もう一つお聞きしたいのは、世界中でこれと同一のＨＬＡを持っている人は何人いるんですか？　その中に犯人がいるわけですよね」

「そうです。います。何人いるか見てみましょう。それに今回犯人がもし移植を目的としているなら、あと血液型の一致も必要になります。被害者は何型かな？　ただ心配いりません。全ての詳細なデータはコンピューターからアクセスできますから」

博士はパソコンの画面をジッと見ながら、

「お二人ともＢ型のＲＨ＋ですね。同じ血液型です」

と言った。

三人は画面を覗き込んだ。博士はポンとキーを叩いた。

時間はほんの数秒だったかもしれないが、それがとてつもなく長く感じられた。

「見ててください。何千人って出てきますからね。時間が掛かりますが」

ふと博士が不思議そうな表情をした。

「少ないですね、普通は何万人もいるケースもあるんですが……この条件を満たす人は……全部で四人ですね」

「四人ですか？」

マイケルが驚きの声を上げた。

「正確に言うと二人です。二人はもうこの世にはいないわけですから」

「残りの二人の居所は分かりますか？」

「ええ、もちろん。分からないと移植に協力してもらえないじゃないですか。コンピューターによると……一人は日本人ですね。珍しいですね。ＨＬＡの型が民族の違う日本人にいるなんて滅多にないいんですが。それともう一人は、これも珍しいですね……」

「何が、ですか？」

マイケルは息を呑んだ。

「私ではアクセスできません。トップシークレット扱いです」

「トップシークレットですか？」

「そのようですね。私の経験上初めてのケースだ」

「そのトップシークレットというのはどういった意味なんでしょうか？」

「まあ、あえて言うなら国家機密ですが、これ以上のことは私にも分かりません。全てが全て秘密にされているわけですから」

「ちなみにどのクラスの人がトップシークレット扱いになるんでしょうか？」

ウィリアムは画面を見つめながら博士に訊いた。

「どのクラスなんでしょうかね？　推測ですが一般の国会議員以上でしょうね。だけど国会議員でもデータは参照できますから、大臣クラス以上でしょう。それも閣僚経験者、例えば防衛大臣とかそんなクラスでしょう」

ウィリアムは唸った。

「ああ、それとこのコンピューターのデータをお見せしたこと、秘密にしておいてくださいね。個人情報の漏洩には最近特にうるさくて」

「もちろんです。先生、どうもありがとうございました。ただ最後に教えてください、他には絶対に漏らしませんので。その日本人の住所と名前、それから連絡先を教えていただきたいんです」

「それはなぜですか？」

博士は冷ややかな目で彼らを見た。もし単なる好奇心で記事にするためならば、見せるつもりはない。

「エジンバラの被害者の心臓が犯人、いやそのトップシークレットの人間に適合しないとなると、きっと彼らはその日本人を襲撃するでしょう。それはどうしても避けさせたいと思うからです」

博士は少し考えてから
「くれぐれも内密に」

と囁くと、プリントボタンを押した。

横にあるプリンターが音を立てると、一枚の紙が打ち出された。そこには日本人の名前、住所、連絡先、勤務先、生年月日が明記されている。

二人は一礼をして部屋を飛び出した。今まで点と点だったのが、線で繋がった気がした。

「行くのか？　日本に」

マイケルは蛍光灯で照らされた廊下を歩きながらウィリアムを見た。彼の性格からしてすぐにでも行くのは知っていたし、できることなら自分もついて行きたかった。

「お前も行きたいだろう」

その気持ちを察してか、ウィリアムが含み笑いをした。

「残念だな。今日はニュース番組がある。穴を開けることはできないんだ。何か進展があったらすぐにでも連絡してくれ」

「もちろんだ。日本行きのチケットが取れ次第すぐに発つ。取れるかな」

「心配するな。こっちで予約を入れておく。時間はメールで連絡するから」

「ありがとう」

「その日本人によろしくな。間に合えばいいけど」

「ちゃんと伝えておくよ」

10

成田に着いたのは日本時間で五月四日の夕方五時のことだった。

昨日の午後に出発したのだが、時差もあり、通関した時にはもう陽が西に傾いていた。飛行中、夜が続いたが一晩中眠れなかった。酒を飲めば何とかなるかと思ったが、ちっとも眠くならなかった。

タクシー乗り場で英語の話せる運転手を探し出すと、直接渋谷にあるマンションに向かうことにした。その日本人は「結城」という。携帯の電話番号しかなく、住所不定だったのでなかなか居所がつかめなかったが、ようやく女のところに転がり込んでいることを突き止めた。そこを訪ねて、いなければメモを置いておけばよい、そう考えていた。

タクシーは渋滞に巻き込まれることもなく、およそ一時間後の七時前には三軒茶屋の家に到着した。

が、予想どおり彼は家にはいなかった。

ウィリアムは用意してきた手紙に『緊急』という文字を大きく書き、一通はレターボックスに、一通はドアの下から差し入れた。もしかしたら間に合わない可能性も考えていたが、それでも何らかの手を打つのが自分の使命だと感じていたし、それ以上にトップシークレットの人物がいったい何者なのかを知りたかった。

マイケルから帝国ホテルを予約したと携帯のメールが届いていたので、待たせていたタクシーに乗って移動した。

ホテルに着くとすぐにリサに電話をした。

「日本に着いたよ。疲れた」

「目的の人には会えたの？」

「いなかった。だからメッセージだけを残してきた」

「そうなの。マイケルが心配して今家に来てるの」

「マイケルが？」

「そう。電話代わる？」

「いや、その必要はないけど、なぜ彼が家に来る必要があるんだ？」

「そんなの知らないけど、突然家に来たから……。久しぶりだからお茶を飲んでもらってるんだけど」

「そうか」

ウィリアムの声がトーンダウンをした。それに気づいたのかリサは、

「心配しないで。もう帰ってもらうから」

と言った。

ウィリアムは「じゃあ、また」と言うと力なく受話器を置いた。

彼女のことで心配はないと思っていたが、それでも留守中に訪ねて来るマイケルの行動にはどうしても納得がいかない。もう一度電話しようと思ったが、それも大人気ないかと地下のバーに酒を飲みに行くことにした。

ホテルのバーはアメリカかイギリスの影響を受けているのか、シックな雰囲気であり、もしここがロンドンであったとしても何ら違和感がないだろう。

「今日はいい天気でしたね」

ウィリアムがホテルのバーでウイスキーを飲んでいると、三十歳くらいで長身の白人男性がカウンターの隣りに座って声を掛けてきた。

「そうみたいですね。実はさっき日本に着いたばかりなんです」

「旅行ですか?」

そう言うと男は、ワイルドターキーのソーダ割りを頼んだ。

「私はもう半年になります。投資ファンドの会社に勤めてて、ああ、スミスです。ジャック・スミス」

「ウィリアム・ブラッドです」

そう言って握手をするために手を出した。

「アメリカ人？」

ウィリアムは南部訛りの英語からそう判断した。

「そうです」

「イギリス人ですよね？」

「ええ。日本はどんな国ですか？　ボクは初めて来たから何も分からなくて」

「ガイドブックは持ってこなかった？　住みやすい国ですよ。イギリスより物価は安いし、何せ治安がいい。女性が夜、裸で歩いても大丈夫です。警察に捕まるかもしれないけど」

ジャックは笑った。

「警察がしっかりしてるんだね」

「そうだね。銃規制もあるから、滅多に発砲事件もないし」

「いい国だ」

「旅行はいつまで？」

「まだ決まっていないんだ。相手があるからね。ところでキミは？」

「ボクも分からない。ニューヨークの本社次第だから一年先か二年先になるか。そう、名刺を渡しておくから何かあれば言ってくれ。それとも、出会ったばかりの男にそんなこと言われると迷惑かな？」

そう言ってジャックはスーツから名刺入れを取り出すと、差し出した。

「そんなことは。六本木にオフィスがあるの？」

ウィリアムはその名刺の住所を覗き込んだ。

「そう。東京でも有名な場所だよ。繁華街もあるし、何なら案内しようか？」

「今から？　今日はいいよ。疲れているし、もし機会があれば、オフィスにでも電話するから。そうそうこれがボクの名刺だ」

渡された名刺をジッと見て、

「ジャーナリストなんだ、すごいね」

と言った。

「そんなことはない。だけど、スクープと聞けば我を忘れる癖がある。よく叱られるんだけどな、いろんなところで」

「命知らずなんだ」

「そう言われると格好がいいけど、生まれつきスクープ好きな性格なんだろうな。これだけは治せない。だからどこかで内戦でも始まると、家族を置いてでも飛んでいく」

ジャックは酒をあおると、声を出して笑った。

「内戦ってどこに行ったんだ？」

「コンゴ。今から三年前だ」

ジャックはもう一度グラスに唇を当てた。

「本当か？　ボクもその時いたんだ、コンゴに」

「コンゴにか？　だってあの時は内戦が起きてただろう」

「ああ、あの時はたまたま出張であそこにいたんだ」

「投資会社の仕事で？」

「そうだよ。当時はほら、あの国は金利が高かっただろ。それにバイオ燃料用の穀物が豊富だったから、それで投資対象の調査に行ってたんだ」

「そうか。どこのホテルに泊まってたんだ？」

「ホテルインペリアルだったかな。海兵隊の司令室があったから、会社も安全だと思って選んだみたいだけど」

「すごい偶然だよ。ボクもそこに泊まってた。確か配管が古くてね、風呂なんて真っ赤な水しか出なかった」

「そうそう、ひどかったよな。赤い水が出なくなるまで待つと、貯水タンクの水がなくなるのか、そのあと水一滴出やしない」

「そうだった。風呂に入れないから、ミネラルウオーターの水を買って風呂代わりにしたよ。贅沢といえばそれくらいしかなかったからな」

「懐かしいな。ボクは知り合いの大使館員のところで風呂に入ってたから大丈夫だったけど」

「うらやましい話だな」

「そうだよな。だけどまさかあのホテルが襲撃されるなんて思いもよらなかった。だって国連軍の指令部があって、二百人くらいで守ってたんだからな」

「違うよ。あの時は大使館防衛のために五十人くらいしか残っていなかったんだぞ」

ウィリアムは反論した。

「本当か？　じゃ、あそこにロケットランチャーを撃ち込まれた時は？」

「もちろん、そこにいたさ。大変だったんだから、あの時は。本当に死ぬと思ったよ」

「その時そこにいたのか？　ほら、大使館に避難命令が出されたから、ボクはその時は大使館にいたんだけど」

「それはラッキーだった。オレなんて目の前で爆発だ」

ウィリアムは笑った。

「よく生き残ったな」

ジャックは目を丸くした。

「偶然さ。だけどあの時、あの国に一緒にいたというのは戦友だな。よければ一杯、スコッチでもご馳走するよ」

「スコッチよりバーボンのほうがありがたいな。やっぱりアメリカ人なものでね」

ウィリアムはニコリと笑うと、バーテンに同じものを二つ注文した。

11

五月五日火曜日。

直人はいつものように八時半にはパラダイスの前に来ていた。今日はゴールデンウィーク最終日。パラダイスが「大放出デー」と銘打った日だったため、店の前には開店前から長蛇の列ができている。ところが、無邪気な期待を抱く他の客とは裏腹に、直人はこの日を最後の勝負の日と決めていた。昨日いつもの店員から電話があり、組がゴトを仕掛ける情報は聞いている。

「一応情報は流すけど、今回はやめたら？　かなりヤバイよ」

店員は無愛想に電話口で忠告した。

「今回が最後さ。ちょっとどこかに旅行に行ってくる」

「だけどな、最近店からも目を付けられてるしな」

「大丈夫だよ、それにいつもより多く払うから。今回は五分五分でどうだ？」

「六―四でどうだ？　それなら教えるから」

「きついな」

「やめるか？」

「いや、受ける。ちょっと金がいるしな」

直人は、場合によっては美沙を残してでも、一人姿をくらませようと企んでいた。そのためにはまとまった金がいる。

店は十時には開店した。並んでいた十数人がまるで百メートル走のようにスタートを切った。直人が狙うのは三列目一番奥である。ちょっと遅れたヤツが隣りで舌打ちした。たぶんヤクザに頼まれた打ち子の一人だろう。それを尻目に直人は打ち始めた。

約束どおり二分もしないうちに大当たりが来た。今日は長居するつもりはない。できるだけ早く稼いでこの場所から離れたかった。

（とりあえず十二時まで回して、それからどうするか決めるか）

一秒でも長くいれば金になるのは分かっていたが、それだけ危険性も増えることになる。儲けが少なくてもできるだけ早くここから逃げたかった。

（その足でそのまま沖縄にでも行くか）

十二時までは思っていたように全てが順調に進んだ。いつものように後ろには何箱もパチンコ玉が積み重なっている。チラリと三人隣りの打ち子を見たが、出玉としてはオレほどでもない。

(下手くそ、年季が違うんだよ)

と思った瞬間、後ろに立つ人の気配を感じた。単なる野次馬とも思ったが、どこか様子がおかしい。気づかれないようにパチンコ台のガラスに映る後ろを見ると、黒のスーツの上にトレンチコートを着たサングラスの長身の白人が立っていた。

まずいと思った。どう考えてもヤクザに雇われた不良外人に違いない。日本人でないということは、それだけマズい事態だと思った。だが、後ろの玉も大切である。

それでトイレに立つ振りをして席を離れた。

彼も数メートルあとをついて来る。パチンコ台の角を曲がったところにサングラスを掛けたもう一人の黒人を見かけた。このままだと危ないと感じて、思いっきりダッシュし、店から飛び出した。

後ろを振り返ると、ヤツらもパチンコ店を飛び出した。一目散にオレのほうに向かって追いかけて来る。ちらっと後ろを見ると、スーツの後ろに拳銃のフォルスターのようなものが目に入った。

料金受取人払郵便

新宿支店承認

3146

差出有効期間
平成22年8月
31日まで
（切手不要）

郵便はがき

1 6 0 - 8 7 9 1

843

東京都新宿区新宿1－10－1
(株)文芸社
愛読者カード係 行

ふりがな お名前		明治 大正 昭和 平成 年生 歳	
ふりがな ご住所	□□□-□□□□	性別 男・女	
お電話 番号	（書籍ご注文の際に必要です）	ご職業	
E-mail			
書名			
お買上 書店	都道府県 市区郡	書店名	書店
		ご購入日	年 月 日

本書をお買い求めになった動機は?
1. 書店店頭で見て　2. 知人にすすめられて　3. ホームページを見て
4. 広告、記事（新聞、雑誌、ポスター等）を見て（新聞、雑誌名　　）

上の質問に 1. と答えられた方でご購入の決め手となったのは?
1. タイトル　2. 著者　3. 内容　4. カバーデザイン　5. 帯　6. その他（　　）

ご購読雑誌（複数可）	ご購読新聞 新聞

文芸社の本をお買い求めいただき誠にありがとうございます。
この愛読者カードは今後の小社出版の企画等に役立たせていただきます。

本書についてのご意見、ご感想をお聞かせください。
①内容について

②カバー、タイトル、帯について

弊社、及び弊社刊行物に対するご意見、ご感想をお聞かせください。

最近読んでおもしろかった本やこれから読んでみたい本をお教えください。

今後、とりあげてほしいテーマや最近興味を持ったニュースをお教えください。

ご自分の研究成果や経験、お考え等を出版してみたいというお気持ちはありますか。

ある　　ない　　内容・テーマ（　　　　　　　　）

出版についてのご相談（ご質問等）を希望されますか。

する　　しない

ご協力ありがとうございました。
※お寄せいただいたご意見、ご感想は新聞広告等で匿名にて使わせていただくことがあります。
※お客様の個人情報は、小社からの連絡のみに使用します。社外に提供することは一切ありません。

■書籍のご注文は、お近くの書店または、ブックサービス（0120-29-9625）、セブンアンドワイ（http://www.7andy.jp）にお申し込み下さい。

「ヤバい！」

信号が赤だったが、交差点を突っ切って人込みの中に紛れた。

「もしもし、直人だけど、確か困ったことがあったら電話しろ、って言ったよな」

「ああ、お前か。元気にしてたか。それよりどうしたんだ。何かあったのか」

橘は自分のデスクの前でコーヒーを飲みながら、パソコンをいじっている。直人は公衆電話から電話していた。どうやら逃走中に携帯電話をなくしたらしい。

「ああ、ちょっと。実は助けてほしいんだ」

「助ける？　ヤクザにでも絡まれたのか」

「たぶん違う。いや、よく分からないんだけど」

「なぜだ？」

「そんなの知るか。できれば今から会えない？　このままだと殺されてしまう」

「大丈夫だ。一度捕まってから電話してこいよ」

「何言ってんだよ。そいつは銃を持ってるんだぞ、捕まれば殺されてしまう。分かった。オレの知ってるゴトの情報を全部話すから、だから助けに来てくれ」

「いいよ。ところで今どこだ」

「ＪＲの渋谷駅。ハチ公の近くに隠れてる」

「しょうがないな。十分くらいで行くさ。ただ約束は守れよ」

橘が言ったように白の覆面パトカーが十分ぐらいでやってきた。赤色灯をつけて、サイレンを鳴らしているからやたらと目立つ。何とかならないかと思ったが、これで大丈夫だろう。

中から橘が姿を現した。

「久しぶりだな。ちゃんと来たから約束は守れよ」

「もちろんさ。ただ、オレは見逃してくれよな」

「まあ、内容によるが、とりあえず署に来い」

「この覆面で?」

たとえ覆面でもパトカーに乗るのには勇気がいる。

「ところで、どんなヤツに狙われたんだ?」

「大柄な白人と黒人の二人。サングラスを掛けてたからどんな顔かは分からなかったけど」

オレはパトカーの中で今までの出来事や今朝からの様子を橘に話した。

「外国人？　珍しいな。以前にこういったことはあったのか？」

「いや、初めてだ」

「ここだけの話、お前、ゴト以外の犯罪に手を染めたのか？」

「するわけないだろう」

「とりあえず家に送ってやろう。同棲を認めたわけじゃないがしょうがない。久々に美沙の家も見てみたいしな。まあ、たいした事件じゃないと思うよ」

「そうだといいんだけどな」

車は玉川通りに出ると、信号で止まった。祝日ではあったが道路は比較的空いていた。その時大型の黒塗りセダンが急に横に並んだかと思うと、赤信号にもかかわらず突然彼らの前に出て道を塞ぐような格好で止まった。

「何やってんだ、警察車両に。もしかしてアイツらか」

直人は車のほうを見ながら、黙ってうなずいた。橘は怒りながらスイッチを入れると、赤色灯が車の上に出た。

「道交法違反で逮捕してやる、ここにいろ」

橘が車から出ようとした瞬間、前の車のドアが開き、一人の長身の白人男性が姿を現した。

サングラスのためか表情は分からない。彼はこっちを見ると、黒いトレンチコートの中から黒光りのする大型の自動小銃を取り出し、こちらに向けた。

「ヤバイ」

直人が思わず身を伏せた瞬間、一度は降《お》りかけた橘がふたたび車に乗り込み、車をバックへ急発進させた。

「なんだ、アイツは」

その瞬間、上で赤色灯が弾け飛ぶ音を聞いた。フロントガラスにバラバラになった赤色のプラスチックが散乱した。

とっさに橘は身を屈めた。

「チクショー威嚇射撃しやがって」

バックギアを入れアクセルを目一杯踏み込んだ。サイドブレーキを掛けると、車は百八十度転回した。以前警察学校で習った追跡のやり方である。

「逃げるぞ。いったい何者だ」

アクセルを一杯に踏み込み、橘は叫んだ。

直人は後ろを振り返ったが、ヤツらは追いかけてこなかった。車が目黒方面に移動するのが目に入った。

「そんなの知るわけないだろう。それよりオレの言うこと分かってくれたか？」

「ああ。サイレンサー付きの自動小銃で、それも街中でまともに赤色灯に銃撃を受けたんだからな。パトカーと知って銃撃するなんてありえない」

橘の声が自然と震えている。が、バックミラーで追いかけてこないのを確認すると、無線を手にした。

「こちら橘警部補。たった今、玉川通り三宿交差点付近で二人組みの男に銃撃を受けた。直ちに応援を頼む。現在車両は国道420号線を学芸大方面へ逃走中。番号は品川31の〇〇〇〇。車両はジープのチェロキー、色は黒。大柄の白人と黒人の二名。両者とも大型のマシンガンを所持、緊急配備を頼む」

橘は無線室に怒鳴るように叫んだ。これまで射撃の練習をしたことはあっても、よりによって自動小銃で銃撃されることなどなかったから、興奮というよりはむしろ混乱していた。

「ところで、ヤツらが持っていたのはグレネードランチャー付きの自動小銃じゃなかったか」

直人は、右手に拳銃を持ちながらハンドルにしがみついている橘に声を掛けた。コンバットゲーム好きの直人はこの手の知識が豊富だった。

「あの、ミサイルを発射する銃か?」

橘は驚いた声を出した。

「ミサイルじゃないけど、手榴弾を飛ばすやつ」

「どっちでも同じだ。だけどそんなの打ち込まれたら一発でアウトだ」

落ち着きを取り戻したのか、橘はふたたびフォルスターに銃をしまった。

「これからどうする?」

直人は彼の顔をマジマジと見た。

「とりあえず署に戻ろう。報告もしなきゃならないが、このままお前を開放するのも危険だ。保護する」

橘は、真剣な面持ちでハンドルを握っていたが、考えがまとまったのか、先ほどの質問を繰り返してきた。

「何か理由はあるのか?」

「理由って?」

「考えろよ。拉致されそうになって、その後銃撃される理由をさ。何か心当たりは」

「そんなの全然ない。あればこっちが聞きたいさ」

「嘘言うな。お前、最近ゴト泥棒してるだろう。それが原因じゃないのか? 正直に言え」

「違うって」

直人は言葉を濁すと、話題を変えた。痛い腹は探られたくない。第一、山沢組がそこまでするとは思えなかった。

「ヤクザがグレネードランチャー付き自動小銃を街中でぶっ放すか？」

「知るか。だけどパトカーはいきなり撃たんわな」

「そうだろう。ムチャクチャだ」

「お前英語が話せるだろ。そっちで心当たりはないのか？　武器を密輸したとか覚醒剤を輸入したとか」

橘はハンドルを握りながら、気持ちを落ち着かせようとタバコを口に咥え、それに火をつけた。まだ緊張感が残っているのか、手がかすかに震えている。

「するわけないさ」

「じゃ彼らは何なんだ？」

「知らないって。しつこいな」

そこに車内無線が鳴った。橘はそれをつかむと捲し立てるように叫んだ。

「一名保護します。名前は結城直人。今からそちらに向かいます」

白い覆面パトカーは五分くらいで渋谷警察署に滑り込むように到着した。橘はまず車から降り、銃を構えながらあたりを見回し、それから建物に飛び込んだ。

二階の刑事部屋への階段を駆け上がりながら、橘はオレに叫ぶように言った。

「話はだいたい聞いたが、一応今から事情聴取をする。非常線を張ったからヤツらが検問に引っかかればいいのだが。あれだけ派手にされたら警察としても黙ってはおけない。オレも今からもしものことを考えて銃器課に行って弾を余分にもらってくる。いつもの取り調べ室で待っていてくれ」

取り調べ室に入るとひんやりとした空気を感じた。ここに来るのは三度目だが、何度来てもこの殺伐とした雰囲気には馴染めない。

十五分程度経った。橘が部屋に戻ってきた。

「待たせたな。警察の規定で銃弾は五発しか供与されないが、銃器課に無理にねじ込んで弾を三発余計にもらってきた。本当ならもっと欲しいぐらいだが規則だからしょうがない。だいたい日本の警察は銃撃戦を想定していないからな。まあ、だけど心配しないでくれ。ヤツらも、もうすぐ逮捕されるだろう。聞くところによると、ヤツらは南に向かって逃走中で、現在四台のパトカーが追跡している。逮捕されるのは時間の問題だろう。それよりあの銃撃には驚かされたな。自動小銃をやすやすと使いこなし、それも正確に撃ち込んでくるなんて普通の暴力団でないのは確かだ。今回の案件はちょっと厄介な事件かもしれないな。オレの勘だが」

「厄介って？」

「言葉では上手く言えないが、通常の事件でないのは確かだ。オレも昔、外国人犯罪を何件も手がけてきたが、これだけ本格的に武装したケースは今までなかったからな」

「そうなのか？」

「ああ。たとえ暴力団でもあそこまで白昼堂々と警官に向かって発砲はしないさ。だって弾が当たりでもすれば警察全体を敵に回すことにもなるからな」

その時扉が開いて、一人の制服警官がメモを持って入ってきた。橘はそれを読むと苦りきった顔つきになり部屋の外に出た。
二、三分して橘がふたたび入ってきた。
「ヤツら、とんでもないぞ……」

そう言ったきり次の言葉を失った。

12

直人たちを襲った二人を乗せたチェロキーは、フルスピードで真っすぐに横浜方面に逃走した。逃走したというよりはたまたま向きを変えたに過ぎないのかもしれない。警視庁の対応は早く、巡回中のパトカー五台でこの車両を追跡する一方で、テロ対策室に連絡して、テロ対策特殊班を乗せた二機のヘリを応援に現場へと急行させている。このまま神奈川に逃走されると管轄外になり厄介だ。メンツにかけても、その前になんとか確保したいというのが本音だった。二人を乗せた車は渋滞の中を縫うように走り抜けたが、やがて渋滞にはまり込んで進めなくなった。追跡してきたパトカーとの距離はわずか二百メートルにまで縮んだ。パトカーは赤色灯を付けサイレンを鳴らしているので、渋滞で身動きが取れない車も無理に右、左へと道を開けた。

あまりにも速度が遅いので、堪りかねた警官二人がパトカーから降り、チェロキーのほうに走り出したが、後部座席の窓が開くと、中から男が狙撃した。

一人の警官は肩を撃たれ、その場に転倒した。もう一人は車の陰に隠れ拳銃を抜いたが、これ以上の接近は危険だった。

チェロキーの中では興奮した英語が飛びかっていた。

「レッドアイ、こちらシャドー。ただ今、警察の追跡を受けている。渋滞に巻き込まれ、このままでは身動きができない。それにターゲットから遠ざかるがどうしたらいいか?」

シャドーと名乗った男は耳につけたイヤホン型マイクに語りかけている。

「あと五キロほど行くと右手に駅がある。位置はそのナビに赤い点で表示されていると思うが、そこで排除する」

耳につけた無線機から少し甲高い声がした。

「それからどうする?」

「そこで渋谷方面への電車に乗ってくれ」

「電車?」

「ああ、日本の電車は時間どおり着くからな。時計より正確さ」

〝声〟は、機械に囲まれた暗い部屋でモニターを見つめながら笑った。目の前にある十六台のモニターには彼らの位置からターゲットの位置、人工衛星の位置、そして二人につけられたボタン型のカメラの映像まで全てがタイムリーに映し出されている。

「それよりこの渋滞を何とかしてくれ。動きが取れない」

「渋滞か？　しょうがないな。だから電車のほうがいいんだ」

〝声〟がふたたび笑った。

「今から全ての信号を赤にする。要するにその地域の車を全部止めるから、対向車線でもどこでも走ってくれ。渋滞情報はタイムリーに流すから、渋滞のない道をすり抜けてくれ」

「それに後ろにパトカーが接近している。どうすればいい？　攻撃してもいいのか？」

「まだ攻撃命令は出ていない。それに日本の警察はそうやすやすとは発砲はしてこないから。たぶん遠巻きに見ているだけさ。こちらで何とかする」

その声と同時に全ての信号機が赤に変わった。車は対向車線も含め全ての流れが止まった。

「対向車線を走ってくれ。渋滞状況を見ながらこちらから指示する」

「できるのか？」

シャドーが訊いた。

「もちろんさ、こっちは衛星で全部捉えてるんだから。一センチの物でも判別できるくらいだ。オレの力は知ってるだろう。現在地点から十メートル先、右側に側道がある。対向車線に出てそこに入ってくれ。一車線だが渋滞はない」

車は急発進すると右折した。タイヤの軋む音とゴムの焼けた臭いがそこに残った。それを見て、パトカーも赤色灯を付けサイレンを鳴らしながら追跡を再開した。車は猛スピードで商店街の中を突っ切っていく。その異様なエンジン音のためか、通行人は恐れをなして道を開けた。

「前進すると踏切がある。見えるか？　前方に」

「ああ、前方百メートル」

「通過後にその遮断機を下ろす。そこでヤツらを食い止める。心配するな。電車は赤信号で止めておくから、遮断機が閉まっていてもそのまま突入してくれ。安全は確保してある。カウントは二十でやる」

〝声〟はモニターを見つめながらカウントダウンを始めた。

十を数えるころに遮断機が下り始め、カウント終了後に遮断機が完全に下りた。指示どおりに二人を乗せたチェロキーは、まるで跳ねるように遮断機が下りている踏切を突破した。追跡していた五台のパトカーのうち、二台はそのまま線路に突入した。二台目が線路を越えたのを見計らって、三台目のパトカーが線路に進入したところに突然急行電車がやってきて衝突した。電車は百メートルほどスクラップになったパトカーを引きずると急停止した。


「踏切を横断する時は左右を確認しないとな。日本人のやることは理解できない」

（〝声〟がかすれた声を出して笑った）

「まだ二台ついてきてるがそれも排除する。こちらのナビに従ってくれ。これより大通りに出るが対向車線を封鎖する。左折後五百メートルは対向車線を走ってくれ。そこには渋滞がない。それから右折すると駅がある。そこで、パトカーを迎え撃つ」

「許可が出たのか？」

「まだ出ていないが、一分ほど待ってくれ。駅に着くまでには出るだろう。なにぶん日本だから時間が掛かる」

「了解」

車は指示どおり、空になった対向車線を走ると右折し、バスターミナルのところで静かに停止した。

「このままでいいのか？　レッドアイ」

「二分ほどお待ちを。もうすぐパトカーが到着する。たった今攻撃許可が下りた。存分に戦ってくれ。あまり人は殺すなよ。何せ同盟国だからな」

「それもそうだ」

レッドアイが言ったように、二分ほどするとサイレンの音がして、赤色灯をつけた二台のパトカーがチェロキーの前方五十メートルほどの位置に停車すると、中から数人の警官が飛び降りてきた。彼らはドアを盾代わりにして拳銃をチェロキーに向けた。その異様な光景を見た通行人は始め映画の撮影かと思ったようだったが、やがてそれが本物であると分かると、パニック状態になり逃げ惑った。

それには何ら関心がないように二人は悠然と車から降りると、自動小銃を警官に向けた。日本の警官は後ろに通行人がいる以上、誤射を恐れて発砲しないということを十分理解している。彼らの予想どおり警官たちは銃を向けて警告しているものの、発砲する者は誰もいなかった。

ポン、ポン、と軽快な音がすると同時にパトカーが爆発し、数人の警官がその爆風で吹き飛んだ。その音は二人の持つＭ７２７グレネードランチャーから出た音だった。

さらに二人は混乱する警官相手にマシンガンを乱射した。弾丸は的確に警官を捉えた。

その光景はまるで夢のような出来事だった。

追跡していた六人の警官全員が一瞬のうちに死傷した。ただし全員が即死ではなく、生き残った数人の警官の中には通行人に助けを求める者や、無線で本部に応援を頼む者もいたが、二人は動いている者を見ると正確に照準を定めた。彼らにとって目の前にいる敵は生かしておくべき対象ではなかった。

「それも正確に頭を撃ち抜いてな。六人の警官が殉職した。通行人にもケガ人が出たそうだ」

メモを受け取った橘は思わず両手で机を叩いた。悔しさが滲み出ている。

「それだけヤツらの射撃の腕が確かだという証明なんだが、いくらなんでも全員を射殺する必要はないだろう」

直人は、橘の目に涙が浮かんだような気がした。

「ヤツらは渋谷行きの東急東横線に飛び乗ったらしいが、これ以上警官の犠牲を防ぐために直接追跡するのはやめてヘリで上空から監視している。渋谷駅や通過駅への手配も完了した。だが今度は乗客を人質に取られる可能性もあるから、あまり大掛かりにはできないようだ。大丈夫だと思うが、とにかく警察の力を信じてくれ」

直人の表情が強張った。理由も分からず誘拐されそうになったうえに命を狙われ、それだけでなく、多くの人の命が巻き添えになっている。

「ちゃんと守ってくれよ。このままだと殺されてしまう」

「ああ心配するな。繰り返すが、最近変わったことはなかったんだな？」

橘がオレの目を見た。

「変わったこと？」

「ああ、ヤツらに狙われる理由だ」

「さっきも言ったけど、理由なんて皆目見当がつかない。こっちが聞きたいくらいだ」

「よく考えろ」

直人はしばらく考えたあと、思わず手を打った。

「そう言えば、昨日変なメモが郵便受けに入っていた」

「メモ？」

橘の目つきが鋭くなった。

「ああ、どうしてもオレに会いたいって。なんか海外のメディアの人で。尋ねたけど不在だったから電話してくれって。確か携帯電話の番号とホテルの部屋番号が書かれていた気がするけど、そんなヤツ知らないし、あんまり変なヤツと接触したくもないしな」

「そのメモは？」

「家にある。帝国ホテルに泊まっているって」

「名前は分かるのか？」

「確か、ウィリアムなんとかだったかな？　帰れば名刺も見つかると思う」

「早速ホテルに電話してみよう。ウィリアムという宿泊客はそれほど多くないだろう。もう少しここで待っていてくれ」

十分ほどして橘が部屋に入ってきた。

「彼が見つかった。ホテルにいた」

「それでいったいなんだって？」

「直接お前に話したいと言ってる。オレもお前みたいに英語が堪能なら直接無理にでも聞けるんだが、それほど上手く話せないからな。それで今からお前を連れてホテルまで出向くことになった」

「大丈夫か？　犯人はまだ捕まってないんだろ？　警察のほうが安全じゃないのか？　そいつをここに連れてくればいいじゃないか」

「それも考えたが、迎えに行ってる時間がない。事態は一刻を争う、それに大丈夫さ。テロ対策班が現在ヘリで追いかけてる。日本きっての精鋭だ。捕まるのも時間の問題だ。それに仮に逃げきれたとしてもこの広い東京、我々を捜すことなんて不可能さ。たぶんホテルに着くまでにはヤツらは逮捕されると思うよ」

橘は自信ありげに言った。彼の表情を見ると少しだけ気が楽になった。

「準備ができました」

しばらくすると二人の制服警官が部屋にやって来た。

「一応念のためさ。護衛させる。まあ大丈夫だと思うが、これだけ市民と警官が殺されたとなると、お前を重要参考人として守らねばならない。まあ、オレ個人としてはお前みたいなヤツのお守りは正直ごめんこうむりたいんだがな」

橘は大声を上げて笑った。

「ただ今、東急東横線田園調布駅西二キロ上空。犯人は電車で逃走中。グレネードランチャー付き自動小銃を所持しているところからして、テロリストと考えられる。武蔵小杉駅前東口にてパトカー二台が粉々に爆破された。追跡中の警官が数人死傷した模様。また通行人にもケガ人が出ている。至急救急車と消防車を現場に派遣されたし。こちら警視庁テロ対策班、隊長吉村」

「了解した。これより彼らを渋谷駅にて確保する。追尾続行してくれ。これより渋谷駅で乗降客を避難させる。逐次状況報告をしてくれ」

テロ対策本部の管理官が追跡している吉村に無線で指示を出した。テロ対策班ができたのはもう三十年以上も前のことであるが、本格的なテロ事件で出動したのは今回が初めてのことであったので、訓練はしていたものの、実際にはどう対応していいのか誰にも分からない。

「ところで、ヤツらが乗客を人質に取る前に狙撃したらどうですか?」

狙撃銃のスコープを走る電車に向けながら隊員の一人が吉村に言った。

「できるのか?」

「そのために訓練しております。列車の中に設置されたカメラ映像により、彼らの位置は把握できておりますので、左右から同時に狙撃するのは可能かと思いますが」

そう言って目の前にあるモニターを指差した。二人の外国人がドア近くに立っているのが目に入った。

「できるならそれもありだ。あとは本部の判断だな」

眼下にはテロリストを乗せた電車が走っている。もし、彼らが渋谷で銃を乱射したら、計り知れない犠牲者が出るだろう。それは何としても阻止しないといけない。

「許可をお願いいたします。渋谷で乗客乗員、一般人全員を避難させるのは不可能だと思います。彼らは同じ車両にいますので、左右のヘリから狙撃を同時に敢行すれば最小限の被害で鎮圧できるかと思いますが」

吉村は独り言のようにつぶやくと本部に発砲許可を求めた。それから僚機に乗っているチームのメンバーに待機するよう指示を出した。

今回の狙撃には自信があったが、なにぶんヘリからの狙撃であり、万一しくじることがあったなら、乗客にどのような被害が出るか計算できない。それでいつでも発砲命令が下せるように電車を挟む形で右と左の上空にポジションを取り、同時に狙撃させる態勢を取った。

照準の向こうにドア越しに立つ男の姿を捉えた。

「捉えたか?」

無線に話しかけた。

「いつでも大丈夫です」

二号機の狙撃手の嬉しそうな声が聞こえた。

彼も敵討ちをしたいのだろう、と思った。犠牲になった同僚のことを考えるとすぐにでも狙撃をしたかったが、許可はまだ出ていない。

「シャドーよりレッドアイ、シャドーよりレッドアイ。現在地の確認願う」

武蔵小杉駅で警官隊を殺傷したあとで、彼らは改札を飛び越えて渋谷行きの急行電車に飛び乗った。二人は目立たないようにバーバリーの黒いレインコートの中に自動小銃を忍ばせた。それを見た乗客がパニックになるのを恐れたからだ。

もし、日本人がこの季節にそれも晴天の日に黒いレインコートを着ていたなら、誰もが不思議に思っただろうが、長身で外国人の彼らには不思議とそれが似合っていたので、誰も何とも思わなかった。

「現在東急東横線都立大学駅より北に一キロの地点を渋谷に向けて走っている。それより、派手にやったな」

「そんなこと言うな。いつもどおりのことさ」

シャドーが外の流れていく景色を眺めながら言った。左手には屋根瓦の民家が点在している。それと並行して走る国道が目に入ったが、追跡してくるパトカーはない。

「パトカーは排除できたか？」

「大丈夫だ。住宅街が密集しているし、渋滞を起こしている。追跡するにもできないさ。ところでお付が上空に二機いるがどうする？」

〝声〟が言った。

「軍隊か？」

「いや警察だ。どうやらお前さんらを狙撃するみたいだな。会話と社内の映像を傍受した。すぐにドアから遠ざかってくれ。ヤツらの腕でも間違って当たることもあるからな」

二人は指示どおりにドアから離れ、乗客の前に立ち電車の中央のつり革を持った。この位置なら乗客のこともあり狙撃してこないだろうと踏んだ。

「レッドアイ。上から監視されているのも気分のいいものではないから、悪いが上の蚊トンボを処理してくれないか」

そう早口で言って肩越しに上空を見上げた。右上に一機のヘリが低空で追尾しているのが目に入った。左を見るともう一機が低空を飛んでいる。

「ああ、そう思って上空に〝盾〟をスタンバイさせてある。五十五秒後に処理する。ちょっと待て、オーケー。指示を出した。祐天寺駅付近で実行する。列車が緊急停止する可能性があるからそこで降りてくれ。近くに車を三分後に待機させておくから、それで都心に向かうように。途中で乗り換える車も手配しておく。乗り換え場所は衛星とリンクさせてナビに入れるからご心配なく」

「さすがだね、いつもいい腕をしているな」

シャドーは独り言のようにもう一人の男に話しかけたが、相手はそれを気にしないかのように視線をヘリに向けている。

「あと二十秒だ。カウントダウンしてくれ」

シャドーは腕時計を見た。


「隊長、ヤツらがドアからポジションを変えました。今車両中央の乗客の前に移動しました。乗客の安全を考えると狙撃できません」

吉村は悔やんだ。あの時すぐに狙撃しておけばこんなことにならなかったのにと思うと、本部の対応の遅さに嫌気が差した。今までの経験で何度そういった場面に出くわしたことだろう。立てこもり事件をいくつか手がけたが、人質の人命を第一に重視する日本の警察の指揮系統に腹を立てたことは一度や二度ではない。

「そのまま、照準を電車に合わせたままにしておけ。許可が出次第発砲する。このまま渋谷駅に着くとどれだけ犠牲が出るか分からない。この際列車の中で犠牲が出たとしても責任は私が取る。それよりお前たちの腕を信じているからな」

「任せてください」

隣りにいる狙撃手が嬉しそうな声を上げた。人を殺すことに抵抗がないといえば嘘になるが、このまま彼らを放置するとどれだけ犠牲者が増えるか分からない。それに駅で犠牲になった警官たちの敵を打ってやりたい。

本部から許可が下りた。

「狙撃の許可が下りた。最小限の犠牲にとどめるように」

吉村が一号機と二号機の狙撃手に管理官の指示を繰り返した。管理官の言葉が美辞麗句に過ぎないことは分かっている。ヘリから走行中の電車への狙撃にどれだけの命中精度があるのか予想がつかなかったが、彼らを仕留めないことには、被害が増大することだけは事実だった。

「鉄橋を渡り終わったら狙撃する。遮蔽物がなくなる唯一の場所だ。くれぐれもしくじるな」

吉村は手元にある地図を見ながらヘッドセットに向かって指示を飛ばした。

その時、ピーピーピーピーという異様な警告音が機内に鳴り響いた。

「ミサイルが接近してます」

操縦士が振り返りつつそう叫んだ。

「何だと?」

吉村が右を見た。視界の中に一直線に高速で向かってくるグレーの物体が入ってきた。


ドーンという爆発音が二回、続け様に起きると、火の玉となったヘリコプターが左手の住宅に墜落した。同時にF22ステルス戦闘機が猛スピードで電車の上を右から左へ飛び去り、キーンという金属を切り裂くような独特の轟音が車内に鳴り響いた。それは戦闘機が音速以上の速さで飛び去った証拠だった。もう一機のヘリは尾翼のローターを損傷したのか、制御を失い回転しながら墜落していくと、民家にぶつかり大きな音を立ててバラバラになるのが右手の窓越しに見えた。爆発した破片と瓦が交じり、走っている後部車両の窓ガラスを粉々にした。各車両で乗客の悲鳴が沸き上がった。

「ターゲットクリア。アフリカのジャングルでもあるまいし、やることがいちいち派手だな。ヘリをミサイル攻撃したのか?」

シャドーは笑いながらもう一人の男に話しかけたが、彼は何も言わずに微笑んだ。いや正確に言うと微笑んだように見えたが、真っ黒なサングラスの中でその表情はその車両にいる誰にも分からなかった。

「緊急停車します、近くの吊り革におつかまりください」というアナウンスが流れて電車は祐天寺駅前で急停車した。

「予定より二十秒早いが電車が止まった。そこでドアをこじ開けて降りてくれ。降りたら線路沿いに百メートルマラソンだ。そこを出て十メートル先の右手に郵便局がある。それを左手に曲がると車を用意してあるから、それに乗ってくれ。印は分かってるよな。いつものやつだから」

「ありがとう。警察の動きとターゲットの動きは逐次報告してくれ」

「もちろんさ。しかしあちらも大変だな。世界最強のハンターが追いかけてるんだから」

〝声〟は嬉しそうに言った。

後方ではヘリの墜落現場からガソリンの燃える黒い煙がもうもうと立ち上っている。その臭いが鼻を突く。

シャドーはそれを横目で見ながら非常レバーを使ってドアを開け、その様子を呆然と見守る乗客に一礼すると電車から飛び降り、線路を〝声〟が指示した方向に急いだ。ホームを駆け抜けると通行人は何が起こったのか分からず、まるで映画の一シーンを観るように呆然と、それでいて静かに、燃え盛るヘリの墜落現場の方向を見ていた。

郵便局を曲がると黒塗りのセダンがタバコ屋の自動販売機の前に置いてあった。が、ちょうど二人の女性警官が駐車違反で取り締まろうとしているところだった。

「ここは駐車違反ですから。たとえ一分でも違反は違反です。免許証を」

と彼らが車のドアを開けると引き止めた。

シャドーはそれには答えず、車に乗り込み窓を開けると、ドア越しにチケットを受け取りながら「ソーリー」とサングラスを外しながら言った。彼が白人であったことと、あまりにも仕草が格好良かったためか、女性警官はそれ以上何も言えず「どういたしまして」と日本語で言った。

「撃墜された」

橘警部補が交信中の通信を拾って、横にいる直人に話し掛けた。

「何が?」

「追跡中の警視庁のヘリだ」

「撃墜?」

「そうだ。国籍不明の戦闘機が、追跡していた二機のヘリをミサイルで撃墜したそうだ」

橘の唇が怒りに震えているのが隣りにいる直人にも分かった。

「国籍不明って。日本にはアメリカ軍と自衛隊しかいないじゃないか? どう考えてもどちらかの国でしょ」

橘は黙ったまま、ハンドルを強く握り、それから大きくうなずいた。

「それじゃアメリカ軍がオレを狙ってるのか?」

そう言いながらも頭の中は真っ白になっていた。現実でないような現実が目の前にあるが、その事実を受け入れることがどうしてもできない。

「自衛隊でなければ自然とそうなる」

「なんでオレがアメリカ軍に狙われないといけないんだ? 善良な市民だぞ」

「善良かどうかは疑問だが、ただ言えることは向こうさんも真剣だってことだ」

「そんな。日本政府は何してるんだ?」

「たぶんどこから出撃したかは調べるだろうが、それも軍部が動いてるとするなら限界があるだろうな」

「そんなバカな……」

直人は言葉を失った。昨日まで普通の生活をしていた自分が、なんでアメリカ軍に狙われるのか、皆目見当がつかない。

「今から会う外人さんが何かしら知ってるのかもしれないから、ホテルに急ごう」

そう言うと橘はアクセルを踏んだ。エンジン音が大きくなった。

13

ロビーに着くと、金髪で長身の男性が中央のソファーに座っているのが目に入った。彼は立ち上がると白人には似つかわしくなく深々とお辞儀をしたので、たぶん彼がウィリアムだと確信した。理由は別になかったが、それでもそんな気がした。

「はじめまして、先ほど電話でお話ししました橘です。隣りにいるのが結城さんです」

「はじめまして、ウィリアム・ブラッドです」

ウィリアムは訛りのない綺麗な英語で挨拶をした。

「ここではなんですから、喫茶室にでも行きましょう」

三人は奥のテーブルに着いた。橘と直人が奥、ウィリアムが入り口側に座った。窓からは外で待機しているパトカーが見える。そのように橘がアレンジした。

「昨日お宅にお邪魔したんですが、会えずに残念でした」

「すいません、彼女と食事に出ていて」

「そうですか。緊急にお話ししたいことがありまして、昨日の夜、イギリスから成田に着いてからその足でお宅に伺ったわけです」

「それは、ありがとうございました」

直人は柄にもなくお辞儀をした。

「ところで、何か変わったことはありませんでしたか？」

「私もそれでお会いしたかったのです」

今朝からの出来事を順序良く話した。パチンコの最中に拉致されかけたこと、警察に行く途中で二人組みの男に銃撃されたこと、そして、その後の〝戦闘〟を。

「それは大変でしたね。ところでそいつらは逮捕されたんですか？」

「いえ、まだ逃走中です。警察が追っているところです」

今度は橘が答えた。

「捕まるといいですが、そいつらはたぶん捕まらないでしょう」

「と言うと？」

橘が身を乗り出した。

「今からお話しすることを信じてもらえるでしょうか？　決して私の頭がおかしいの

でもなく、ここで絵空事を並べるつもりもありません。私は一ジャーナリストです。ですから否定されればそれまでなのですが」

「否定するはずがありませんよ。だって、さっき警察のヘリが二機、戦闘機に撃墜されたんですから」

「戦闘機に？」

「そうです。それも国籍不明機です。今ニュースを流していると思いますから、テレビを見てみましょうか」

そう言うと、橘は自分の携帯を取り出し、チャンネルを合わせた。墜落現場が映し出された。どのチャンネルも現場を報道しているようだった。橘はボリュームを大きくしてそれをウィリアムに差し出した。

『東急東横線祐天寺駅付近で警視庁のヘリコプターが二機接触事故を起こし、墜落しました。繰り返します。本日午後三時に警視庁のヘリコプターが空中接触し、二機とも近くの民家に墜落した模様です。現在も民家が炎上しており、消防が消火に当たっております。詳細につきましては現在警視庁が調査中ですが、二機のヘリコプターはエンジンのトラブルのために一機が墜落、墜落途中でもう一機がそれに巻き込まれた模様です。両機は本日武蔵小杉駅前で起きました映画撮影中の爆発事故現場に急行中とのことですが、詳細が入り次第お伝えいたします』

「いったいなんなんだ」

橋が大きな声を出した。

「どうしたんですか？」

ウィリアムが不思議そうにその画面を覗き込んだ。

「ニュースでやってない」

「何をですか？」

直人もその画面を覗き込んだ。

「先ほど警察無線で入ってきた、国籍不明の戦闘機によってヘリが撃墜された件です」

「なんで？」

ニュースには炎上している現場が空中からの映像として映し出されてはいる。

「情報操作ですよ。〝彼ら〟がそれをしてもなんら不思議はない」

ウィリアムが当たり前のように言った。

「情報操作？」

直人はウィリアムの顔をジッと見つめた。

「そう。テレビ局に圧力を掛けたんでしょう。彼らにとってはいとも簡単なことです」

「彼らとはいったい誰なんだ。全部話してくれ」

橘は身を乗り出すと尋問口調になった。

ウィリアムはここ数日のブライトンとエジンバラでのことを話した。

「――ただ、当初はなぜそんな事件を起こしたのか、犯人の動機が分からなかったんです。ところが、本当にたまたまなんですが、私の妻が一つの疑問を持ったのです。もしかしたらそれは移植が目的なのではないかと。それで友人と私はエセックス州立病院の移植専門医に会い、この事件への見解を求めたところ、ある事実が判明したのです」

「事実、ですか?」

直人は橘のほうを見たが、橘は視線を逸らさず、ウィリアムのほうをジッと見つめている。

「それは二人の犠牲者とも同じ型のＨＬＡをしていたのです」

「ＨＬＡ?」

直人が不思議そうに尋ねた。

「ＨＬＡ、つまり（human leukocyte antigen：ヒト白血球抗原）です。もう三年くらい前になるのですが、世界中で臓器移植の登録をしたことを覚えていませんか？」

「もちろんしたさ。だって、しなければ健康保険が十倍になるって脅されたから。あの時日本人のほとんどの人は登録したんじゃないかな」

「そうでしょ。私もしました。今まで移植手術は何度も行われてきましたが、失敗するケースが多くありました。それは型が違ったからです。ですが、このＨＬＡが発見されてから、移植手術の失敗はほとんどなくなりました」

「オレもそう説明された」

橘が口を挿んだ。

「実際この登録のおかげで何度も何度も移植手術をする必要がなくなりましたし、生存率もアップしました。ムダとリスクがなくなったわけです。おかげで医療費が下がる結果になったのですが、ただこの制度には一つ問題がありました」

「問題？」

「あくまでも仮説なんですが、もし絶大なる権力者が死に至る病に冒された時、どんなことをしてもその内臓を手に入れようと思うことなんです。臓器の提供はあくまでも本人の任意ですからね。拒否することもできるんですが、されると困る。ではその権力者なら、いったいどうするかということです」

直人も橘も言葉を失った。

「もしかしたらオレがそのケースに当てはまるんですか？」

「おそらくそうだと思います。エセックス州立病院で被害者二名の名前と生年月日からこのＨＬＡの型を割り出した時、血液型が一致する人は世界で四人しかいませんでした。二人は先ほど話した犠牲者ですが、もう一人はあなたです。そしてもう一人は最高機密に属していましたから、我々にはアクセスできなかった。それで私の仮説が正しいかどうか調べに日本に来たのですが、どうやらその予想は当たっていたようです」

「当たったというのは？」

橘警部補が同じ言葉を繰り返した。

「結城さん、あなたの体はかなり特殊じゃないですか？」

ウィリアムがそう言って、直人の眼をジッと見据えた。

直人の顔から血の気が失せた。そう、今まで美沙にも話してこなかったことがあった。

「黒幕の男は、あなたのその特殊な体を欲しがっているんです。あなたの命と引き換えにね。そんなことができるのは、世界でただ一人だけです」

「一人だけ？」

「そうです。警察のヘリを白昼堂々とアメリカ軍の戦闘機で打ち落とすことが可能で、日本政府に圧力を掛けて情報操作することも可能な人間はただ一人しかいません」

「それは……」

「そうです……」

14

「ターゲットは見つかったのか？」

ベッドの上に寝ている男が横に座っている主治医に目で合図を送ると、それを察したのか、医者は椅子から立ち上がり、隣りの部屋に移動した。いくつかの人物写真が飾られた白い壁に囲まれた大きな部屋には、その男ときちんとスーツを着た初老の男性だけが残された。

「はい。ターゲットは確認されております」

「じゃ、なぜ早く採取してこんのだ」

そう言って部屋の端に立っている男を睨みつけると、それからふたたび天井に視線を移し、少し白くなった髪の毛を手ですいた。

「摘出の結果、あの二人は通常の左心臓だったんです」

ベッドの上の男はフンと鼻で笑った。

「ところで何人いるのだ。私の型と一致するヤツは、それも心臓が右についているヤツは？」

「一人です。今回は間違いありません。その男の医療データを入手しました。男は閣下と同じＨＬＡ型であり、なおかつ右心臓です。閣下を救ってくれる世界で唯一の男です」

「どこにいる、イギリスかそれともアメリカか？　もしかしてロシアや中国ではないだろうな。それなら少し厄介だ」

「日本です」

「日本？　日本人か」

「はい。そうです」

「他にはおらんのか？」

「他には、と申しますと？」

「イギリスかアメリカ、百歩譲って白人だ」

「残念ながら……」

ベッドに横たわっている男は不機嫌そうな顔つきになり、上半身を起こした。急に起き上がったので点滴のチューブが左右に揺れた。

「なぜ、私が東洋の猿の臓器を移植しないといけないのだ。よいか、私は演説の中で何度も世界は一つ、人類は一つと言ってきた。ただそれは演説であって心の底ではそんなことを考えたことは一度もない。それはキミが一番よく知っていることだろう。世界では白人が一番であり、それに多種多様の民族が続く。古代からそうだ。歴史がそれを証明してきた。アングロサクソンを中心とした白人が経済を支配し政治を支配する。思ってもみたまえ。誰が産業革命を起こした？　医療をここまで発展させた？　我々白人が行ったからこそ文明が発展し続けてきたわけだろう。そうではないか？」

「……」

「それを今さら、私が日本人の心臓を使うだと。ジョークはやめてもらいたいよ」

「しかしながら大統領。繰り返すようで恐縮ですが、すべての条件を満たす男は他には存在しておりません。もちろん未開の地には存在するかと思いますが、まだ世界的規模の登録は完了しておらず、それを探すには何年先になるか分からない状況です。閣下いかがでございましょう。臓器に色はついておりません。つまり、世界中どこでも心臓の色は同じであります。この際どうかご理解いただきますよう」

閣下と呼ばれた男はしばらく目を瞑った。それからふたたび目を開け、重い口を開いた。

「今日が私の寿命のリミットだったな」

「はい。マコニエル医師がそう言っております」

「院長が？　彼の言うことなら信じるしかないだろう。しかしドルトンくん、副大統領のキミにこんなことを言うのはどうかと思われるかもしれないが、なんと神とは皮肉な創造者なのだろう。この私に東洋人の心臓を移植させようとするとは」

「おっしゃるとおりです。私もまさか日本人の中に見つかるとは思いもよりませんでした」

「ところでその日本人の居場所は把握されておるのか？」

「イギリスとは違い、日本の軍事システムは独立しておりません。それで今回は軍事衛星のマーズ、ジュピター、ネプチューンの三機がその男の位置を正確に把握しておりますので万に一つも取り逃がす心配はございません。さらに現場には大統領直属部隊の隊員が二人イギリスより急行している最中です」

「そうか、無事に確保できそうだな。今度は身柄を確保してワシントンまで連れてくるんだな」

「もちろんです。今度ばかりは失敗は許されません。日本はアメリカの同盟国であり、厚木の米軍基地から出国させる際にもそれほど困難はないかと思われます」

「それなら良い。ところでその男は何をしているのだ？」

「何をと申しますと？」

「仕事だ」

「今手元に記録はありませんが、無職だと聞いております」

「その男は幸せ者だな。私に直接謁見できるとは」

「いいえ、麻酔で眠らせてすぐに手術に入りますから、お会いになることはないかと」

「そうか。しかし幸福であろう。普通の人間の心臓がこうして世界を動かす選ばれし者の心臓として使われるのは」

　男はベッドの横にある大きな星条旗を一瞥すると、ふたたびドルトンのほうを見た。

「閣下のおっしゃるとおりでございます。平々凡々な一庶民として一生を送るくらいなら、閣下の内臓の一部として活躍するほど光栄なことはないかと存じます。それよりしばしお休みくだささい。今度お目覚めになる時にはもう手術が終わったころだと考えていただければ。いえ、ほんの数時間のことです。お目覚めになられる時には元の閣下に戻られているとお考えください。それより万一世界情勢に何事かありましたら副大統領の私がなんとか処置しておきますので、ご心配なさらぬように。それから大統領選挙も影武者が対応しております。遠目からでは絶対に判別できません」

「ありがとう。再来週の日曜日には私とキミの夫人同伴でキャンプデイビッドで食事でもしないか？　その時にはもう退院できていることだろうし。それより次期大統領にはキミを推すつもりでいる。今回二期目の大統領選挙は私ほどの支持率があれば、対抗馬も気にする必要はない」

「光栄でございます」

副大統領のドルトンはベッドに向かって深々とお辞儀をしたが、大統領はそれには目もくれず、窓の外に視線を移した。

病院の中庭は手入れされた芝生が春らしく青々としていたので、外に出ると気持ち良さそうだった。次に目を覚ます時にはその上で昼寝をしたいと思った。

15

「そんなことって本当にあるのか？」

　橘はもう一度ウィリアムのほうをジッと見た。長年の経験で彼が嘘をついているかどうか見分ける自信はある。

「ないと仮定して誰がそんなことができるんですか？　警察のヘリを撃墜して、駅前での銃撃戦を普通の映画撮影時の事故にすり替えるなんて。しかもあなたのほうは自動小銃を持った人間に白昼堂々と襲われたわけでしょ」

　ウィリアムは二人に力説した。

「ああ。だけどどうしても信じられない」

「じゃあ、ブラッドさんの話が全部正しいとして、オレはこれからどうなるんですか？　相手はアメリカ軍、それもアメリカ合衆国大統領の命令が直接掛かった部隊ですよ。彼ら相手に逃げることは可能なんでしょうか？」

「逃げること？　まず、不可能でしょう」

「不可能って……だって、日本にも警察はあるし、自衛隊もあるでしょ。それなのに何も打つ手がないんですか？」

直人はウィリアムに食い下がった。食い下がったところで何が変わるわけでもない。ただ別の答えを聞きたい一念だった。

「ないですね。残酷なことを言うようですが」

ウィリアムは深刻な顔つきになった。

「じゃあこれからオレはどうなるんですか？」

「殺されるでしょう。遅かれ早かれ。私の仮説が正しいとするなら、彼らは二回殺人を犯したがそのどちらも失敗したわけです。今度こそはと躍起になっているはずです」

「どうしても殺されるって言うんですか？」

直人は深刻な表情でしばらく考えていたが、やがて、嬉しそうな顔つきに変わった。

「ウィリアムさん。いいアイデアが浮かんだ。これならどう？　オレをテレビ局に連れていってください。それでテレビに出してもらえるなら、いや、記者クラブでもいい。マスコミに公表すれば拉致なんて考えないと思うんです」

ウィリアムは残念そうに首を横に振った。

「無理ですね」

「なぜ？」

「理由は二つあります。一つは誰もあなたの言うことを信じないこと。もう一つはたとえ信じたとしてもこの報道管制の下、誰がそのニュースを報道すると思いますか？白昼の銃撃戦を報道させなかったぐらいですよ。だから誰に会ってもムダです。それよりもそれであなたの居場所が知られる危険性がある」

その時、橘の携帯電話が鳴った。

「もしもし橘ですが……ええ、結城さんとは同席しています。はい。ええ、彼を置いて署に帰るんですか？　なぜ……ええ、上からの命令なんですか？　本当に？　はい、はい、分かりました」

そう言うと携帯電話を切った。

「聞いていたと思うが、今から署に帰らないといけない」

「そんな……。オレを置いて？　本当に？」

直人は正直なところ自分の耳が信じられなかった。少なくとも警察は市民を守る存在で、市民は守られる存在なのだと思っていた。それにもかかわらず、橘は申しわけなさそうに繰り返した。

「仕方がないんだ。上からの命令らしい」

「上って？」

橘は目を伏せるようにして、ほんの数秒考えると重たい口を開いた。

「本当は規則で言ってはいけないのだが、これがオレのできる最後のことかもしれないから。署長の言う上とは警察庁長官だ。それも総理の直接命令でな」

直人は言葉を失った。

「内閣総理大臣がオレを見捨てるようにと命じたのか？」

橘は黙ってうなずいた。それからウィリアムのほうを見据えた。

「どうやらウィリアムさんの推理は当たっていたようです。まさかここまでやるとは。それにしてもアメリカ大統領の力がここまで日本に影響を及ぼすとは思ってもみませんでした。このままこいつを置き去りにするしか方法はないんでしょうかね。何か納得できない」

橘はふたたびウィリアムに話しかけた。

「私も一ジャーナリストとして結城さんを守ってやりたいのは山々ですが、彼らがここまで本気だと私の身に危険が及ぶ可能性もある。私にも家族がありますし……」

「他に打つ手はないと？」

ウィリアムは腕組みをしてしばらく考えていたが、ようやく重たい口を開いた。

「一パーセント。いや万に一つ助かる方法がある」

「それは？」

二人は身を乗り出した。直人はその唯一の方法に賭けるしかなかったし、橘は橘でこれほど日本人がバカにされるのが許せなかった。

「大統領が亡くなるまで逃げることです」

「大統領が？　それはいつごろ？」

「分かりませんが、二人の殺人事件のあと、すぐに結城さんを拉致しようとしているでしょ。つまり大統領は大変危険な状態にあるということが推理できるわけです」

「なるほど。だけど、どこに逃げたらいいんですか？」

直人はもう一度すがる思いで訊いた。

「それは分からない。たぶんヤツらのことだから通話記録、クレジットカードの使用記録、Nシステム、街頭にある全ての監視カメラ、いやそれどころか軍事衛星を使用している可能性もあります」

「と言うことは?」

「世界中のどこにも逃げる場所がないということです。遅かれ早かれヤツらはあなたを見つけるでしょう。今ごろ血眼になって捜しているはずです。もしかしたらすでに近くまで来ているかもしれない」

「じゃあどうしたらいいんですか? 逃げるにも逃げようがないなんて!」

悲鳴にも似た叫びを漏らす直人に、腕組みをして目を瞑って考えていた橘が突然手錠を取り出して言った。

「お前を逮捕する」

「逮捕するってそんなムチャクチャな。オレが何をしたんだ」

「さっきゴトをしたって車の中で言ったじゃないか。それが逮捕容疑だ」

橘が繰り返した。それから間髪入れずに手錠を取り出し直人の腕にはめた。

「こんな時にいったい何をするんだ?」

すると、ウィリアムが笑った。

「なるほど留置場に彼を留めるわけですね」

「ああ、ただ起訴までにはギリギリまで延ばしても四十八時間しかない。もしそれ以上となると、無理にでも釈放しないといけない」

「微妙なところですね。だけど時間は稼げる。問題はそれまでに大統領が死ぬかどうかということです」

　ウィリアムが冷静な声で言った。

「そう。いったん逮捕したとなると、たとえ総理大臣であっても勝手に釈放はできないし、第一、署はオマワリだらけだから、事を起こしてももみ消すことができない。良かったな、悪事を積み重ねてきて」

　橘は自分の頭を指差しながらケラケラと笑った。

「ところで、私も彼と一緒に留置場に入れてもらうわけにはいきませんか?」

　ウィリアムは座り直すと、橘のほうをジッと見た。

「なぜですか?」

　橘は真剣な表情で訊いた。

「とんでもないスクープだから、できるなら刑務所の中でインタビューさせてもらいたいんです。もしかしたら何かの役に立つかもしれないし」

「あなたも変わった人だな。まあ、わざわざイギリスから来たわけだから断る理由もないでしょう。じゃあ公務執行妨害ぐらいでどうですか」

「これで私も前科者だな」

そう言うと、ウィリアムは笑った。

「大丈夫。起訴猶予にしてあげます。でないと強制送還されてしまいますからね」

「ところで着替えを取ってきていいですか？」

ウィリアムは腕時計をチラッと見た。

「ダメだ。時間がない。とりあえず署に急ぎましょう」

「了解。本社への連絡は車の中からするよ」

ウィリアムは自分の携帯電話を取り出し、左右に振って見せた。


渋谷署に着くと、橘は彼らを留置場に案内し、その足で事件の概要を報告するために署長室に向かった。

「おお、帰ってきたか。意外と早かったな。ところで彼は家に送り届けたか？」

署長の窪田は真剣な表情になった。

「いえ、送り届けようとしたところ抵抗しましたので、公務執行妨害で現行犯逮捕いたしました」

「逮捕だと？」

「は、先ほど留置場に収監したところです」

署長は不機嫌な顔つきになり、席から立ち上がった。

「いったい何をやっておるのだ。私は彼を家に帰せと命じたはずだぞ」

「命令どおり伝えたところ彼が抵抗しましたので」

「バカかお前は。上からの命令だと言っただろう。警視総監、それも総理直接の命令だぞ、それに逆らってどうする」

「いえ、逆らうつもりは毛頭ありません。現行犯逮捕しただけです」

説得できないと分かったのか、署長は優しい口調で諭すように言った。

「橘くん。キミには家族はいたか？」

「妹が一人おります」

「そうだったな。ところで彼女のことは考えたのか？　いずれ警部試験も受けるんだろう。それとも交番勤務がいいのか？」

橘は直立不動の姿勢のまま「いえ」と小さな声で言った。

「そうだろう。今からでも遅くはない。すぐに釈放しなさい」

「しかしながら、いったん逮捕した以上それはできません」

「お前は昔から頑固だからな。それがお前のいいところでもあるんだが。だけどよく考えてみなさい。いいか、キミにも将来があるだろう。今回は普通の事件ではない。

詳細は聞かされてはいないが、今朝方の追跡でヘリが二機戦闘機で撃ち落とされ十二人が殉職、銃撃戦の結果パトカー三台と警官の死者が全部で六名、市民にも重軽症者を十五名出したが、あのあといったいどうなったと思う?」

橘は直立不動の姿勢のまま首を横に振った。

「捜査打ち切りだ。検問も先ほど解除になった。それから長官直々に今後彼に構わぬようにとの電話があった。分かるか? この事態の重さが」

「それはよく承知しております。が、本官といたしましては」

「キミの考えはよく分かる。だが、今回のケースは普通のケースではない。聞くところによると警察のヘリを撃墜したのはアメリカの戦闘機ではないかとも言われている。地位協定どころの騒ぎではない。彼らは今回の事件そのものを否定しているのだ。それがどういうことか分かるか?」

「分かりません」

「我々では処理できない事態が起きたということなんだ。つまり今回の事件を長引かせるとアメリカが牙をむくことになる。一国の存亡の危機と言ってもいいのだぞ」

「では署長は、我々が手をこまねいて知らぬ存ぜぬを決め込むのがいいというのですか?」

「キミの正義感もよく分かる。それはそれで警察官にとっては必要な資質だ。だが、今回は一人の市民を保護することで、我々日本国民に危険が及ぶ可能性があることを認識しておかねばならない。我々国民というのはキミの家族であり、私の家族でもある。それをどう考える」

　橘はうなだれた。

「分かったらすぐに彼を釈放しなさい。もし彼に何かがあれば、それはそれで事件として処理できるが、今までのところ彼には何も起きていないのだ。朝からいったい何があった？　銃撃されたのはキミの錯覚だし、ヘリの墜落も事故であった。警官が亡くなったのは映画のロケ現場の爆発事故に巻き込まれたに過ぎない。そうだろう。何も証拠が残ってないんだ」

　橘はうなずいた。悔し涙が頬を伝うのを感じたが、彼の権限ではそれ以上何もできなかった。

「分かりました。今から彼を釈放します」

「そうだ、それがいい。今日一日の出来事はキミの記憶から消してしまうのが一番いいんだ。権力というものには時々矛盾がある。だが、それはどうしようもないことなんだから」

窪田は橋の肩を軽く叩くと、入り口の扉を静かに閉めた。もし自分が若かったらたぶん彼と同じことをしただろう。それができない今の自分が腹立たしかったが、どうすることもできないことも十分に知っていた。

プレミアム・ビート

16

「シャドーよりレッドアイ。シャドーよりレッドアイどうぞ」

「こちらレッドアイ」

「ターゲットの位置は渋谷警察署で間違いないのか?」

「間違いない。ポイントアウトした熱源から考えて、地下の留置場だと思う。今警察署の図面をパソコンに送付するから確認してくれ。ところで荷物は取りに行くのか?」

「そう考えている。留置場に入れられたらそう簡単には出てこれないだろう。こちらとしても時間がない。イーグルの命が掛かってるからな。ところでイーグルについて何か連絡は入ってるのか?」

「まだだ。もしイーグルの身に何かあれば、ネストからの報告がタイムリーに上がってくる。ステルスも厚木に待機させてるから、少し目立つが時間がなければヘリを使うしかないかもしれないが、その時はまた指示する」

「ちょっと待て、今連絡が入った。ターゲットはもうすぐ解放される。そのまま待機せよ」

「あとどれくらいだ？」

「たぶん二十分も掛からないだろう。今度は障害はない。釈放され次第、すぐに警察署の前で確保し厚木に向かえ」

「了解。ヘリの準備はしといてくれ。地図で確認したが、港にあるピックアップポイントまで十分は掛かる。近くの駐車場に降ろす。車はそのまま放置しておくから後始末はよろしくな」

「大丈夫だ。キーはそのままにしておいてくれ。持っていかれると動かすのにやっかいだから」

「ラジャー。ところでレッドアイとはアフリカ以来だが、この仕事が終わったらどこかで酒でも飲みたいな」

「そうだな。だけどお互いそれは許されていないから」

そう言うと〝声〟は笑った。

シャドーは無線を切った。朝からの銃撃戦だといったいどうなるかと思ったが、三十分以内に全ての片がつく。早く帰国したかった。

彼が特殊任務に付くようになったのは今から二年前のコンゴ紛争以来である。それまでは軍隊経験は長かったものの、特殊任務からは遠い存在であったし、どうでもよかった。アメリカの軍事力さえあれば、大概のケースは上手くいった。

彼が最初に命じられた作戦はコンゴの革命評議会委員長の暗殺だった。さすがに面識もある元政府の高官を射殺するのは気が引けたが、それでもアメリカ寄りの政府が解放軍を掌握しない限りアメリカに権益はもたらされなかった。

暗殺場所はレッドアイの指定どおり、委員長の自宅の庭先に決まった。そこが一番狙撃しやすい場所だった。彼は一キロ先のビルの屋上に陣取りそのままその時が来るのを待った。時間にして二日間。その間はまるでビルの一部になったかのように微動だにしなかった。当時隣りにいた上官のロバート大尉もそうした。苦痛かといえば苦痛であったが、それは訓練で鍛えられていたことだったし、成功させないと国益に直接関わる任務だった。

「今回はちょっと疲れたな」

そう言って隣りの男に話しかけると、その男は一言も話さずに笑った。いや笑ったと思ったのはシャドーだけかもしれない。通常任務は二人一チームが原則なのだが、彼と組んだのは今回が初めてである。ワシントンで上司からアフガンで特殊任務に従事していたという彼と対面した時も一言も発しなかった。ただ、笑ってうなずいただけである。サングラスを外したところを見たこともなく、シャドー自身も彼の素顔を見たことはなかった。

「コードネームはダークネスだ」

と上司から言われた時もうなずいただけで、それ以上は何も話さなかった。

「話せるのか？」

と一度聞いた時、彼は、

「もちろん」

と低い声で言った。それから素っ気なく、

「苦手だけどな」

と付け加えた。

「もうすぐ終了だな」

シャドーは運転席にいる彼に話しかけたが、彼は黙ったままだった。

「次はどこに行くんだ？」

シャドーはそう言ったがそれ以上の言葉はなかった。今回のミッションでは一応シャドーがリーダーではあるが、それは単に名目上のことで、任務遂行のためには立場の上下はない。両方が本国の指示を同時に受け取り、同時にこなす。失敗は即失敗で、戦場にあるブラザーフッド的戦友意識は持っていなかった。

沈黙の中で五分ほど過ぎた。突然、耳元で無線がなった。

「こちら、レッドアイ。緊急連絡。イーグルダウン。イーグルダウン」

「いつだ」

「ついさっきだ。手術室に運ばれた」

「容態は？」

「まだ大丈夫だ。が、時間がない。一刻も早くあれが必要だ」

「了解した。今から突入する。援護頼む」

「了解。できるだけ急いでくれ。今パソコンに警察署内の地図を転送する。停電にするか？」

「それはありがたいが、留置場は電子ロックか？」

「分からない」

「オレもだ」

「電子ロックじゃない。旧式さ。予算がなかったんだろうな」

「じゃ、落としてくれ。ついでに警察署から発信される電波と電話全てにジャマーを掛けてくれ。外部に知らされたら少々ヤバイからな」

「ヘリはどうする？」

「それも用意しといてくれ。こんな渋滞の中でターゲットが逃げ出すことも考えられるし時間もかかるからな。さすがにヘリから飛び降りることはしないだろうが」

「それもそうだ。そこから東に二キロに港がある。車の荷揚げ用の場所だが、今日は休みだからそこで待機させておく。車で五分もあれば大丈夫だ」

「目立つヘリは使うなよ」

「当たり前だ。日本の海上保安庁のやつにしてあるから」

「あと、飛行許可も頼むぞ」

「大丈夫。手配済みさ」

「あと二分で突入する。停電は今から一分後、カウントダウンを始めてくれ」

「了解」

そう言うと〝声〟は消えた。シャドーがダークネスのほうを見ると、彼はサイレンサー付きの自動小銃にマガジンを押し込んで撃鉄を引いた。シャカンと言う金属性の乾いた音が車の中に響いた。

「だから釈放だって」

「これ以上お前をここに置いておけないんだ」

「だって、さっき逮捕したんだろう」

「さっきと今とでは状況が違う」

「どう違うんだよ」

「どうもこうも、署長に報告したら叱られた」

「そんな……叱られたくらいで釈放してどうするんだよ。ちゃんと税金払ってるんだから逮捕してくれよ。このままだと拉致されるか殺されるしかないじゃないか」

「税金税金って、お前払ったことないだろう」

「払ってるさ、消費税」

「そう言われてもオレには何もできないんだよ。自宅に帰って、鍵を掛けてジッとしてれば台風みたいに過ぎ去ることもあるし。ただし間違っても妹のところには行くなよ。あいつを巻き込むな」

「行くもんか。だけど台風がヘリをミサイルで撃墜するか？　警察官を何人も射殺するか？」

「とりあえずここから出ていってくれ」

オレは橘の顔を平手で殴った。橘はひるんだ。

「ほら、公務執行妨害と傷害で逮捕しろ」

「しつこいヤツだな。ただし今度殴ったら容赦はしないぞ」

「しなくていいさ。どうせここを出ると拉致されるか殺されるんだ」

「理屈はいいから。とにかくお前のマンションまで送るよ。そのあとでウィリアムさんも」

「分かりました。少しの間だったけどいい経験だった。一応概略は本社に流したけれど、推測記事の域を出ないので、このままお蔵入りになりそうです。だって、日本で起きた事実、それ自体が存在しないんだから。それにイギリスは日本ほど強い影響は受けないけれど、やはり文章ではどうもな。映像ほどインパクトを受けないから」

ウィリアムは声を落とした。

橘は留置場の扉を開けた。

ところが、三人が一階に続く階段を上がる途中で停電になった。通常停電になると非常灯がつくのだがこの日はそれも点灯されなかった。

「停電？　真っ暗じゃん」

直人は言った。

「おかしいな。非常灯がつかないことなんてないのにな。早く一階に上がろう」

橘が先頭になって上がった。

17

二人の黒ずくめで大柄の白人と黒人が大きな紙袋を持って渋谷警察署の受付に姿を現したのは午後五時を二、三分過ぎたころだった。そのうちの一人は大きな黒かばんを携帯していたので、誰もがその異様さに目を見張った。

「何かご用ですか？」

受付の警察官が丁寧に英語で挨拶をすると、一人の男が「留置場はどこですか？」と綺麗な日本語で尋ねた。普通、留置場の場所を尋ねる者は誰もいないし、朝から二人の外国人が起こした事件を知っていたので、警官はとっさにホルスターからニューナンブを抜くとそれを彼らに向けた。

「動くな」

シャドーは笑いながら右手でサングラスを外し、

「撃つな」

と言った瞬間、もう一人の男が持っていた紙袋を警官に向けると、何の躊躇いもなくトリガーを引いた。紙袋から火が出た。同時に飛び出た弾は応対に出た巡査の左胸を貫通し、血しぶきが舞い散った。

男は発砲した火で燃え上がる紙袋を床に投げ捨てると、奥に向けて自動小銃を構えた。

サイレンサーを付けていたので発射音はほとんどしなかったが、倒れ様に巡査の持っていた銃が床を打ち抜き、その轟音が署内に響いた。

その音に誰もが入り口付近を見たが、呻き声を上げながら倒れる同僚を見て、そこにいる誰もが床に伏せた。

「これだから日本人はしょうがない。銃を抜く時は撃つ時だ」

そう言うと手に持っていたサングラスをふたたび掛けた。

拳銃の発射音で二階から二人の警官が慌てて階段を下りてきたが、ふたたびサイレンサーの音が鳴ると同時に、二人は血しぶきを撒き散らして階段から転げ落ちた。

「ちょっと厄介になってきた。早くターゲットを見つけ出さないと、いくら通話妨害にしているといっても応援が増えることもある。そうするとまた振り出しに戻るからな」

シャドーは隣にいる男に声を掛けた。男は鼻で笑うと、

「心配するな。来れば殺すだけの話さ」

と言った。

二人の刑事が床に転がったあと、一階はまるで誰もいないかのように静まり返った。一階には私服を含めおよそ六人の警官がいたが誰も何の手出しもできず、机の陰に隠れて息を押し殺して彼らを見守っていた。停電で、なおかつ全ての携帯電話と無線が使用できなかったので、物陰に伏せるしかなかった。二人は自動小銃を奥に向けたままマガジンを装着した。

膠着状態に業を煮やしたのか、それとも正義感からか、一人の若い私服警官が突然立ち上がると、彼らに向けて拳銃を連射した。連射といってもシグザウアーのマガジンには五発しか入っていない。三発はガラスを割り、残り二発は壁にめり込むと、虚しくコンクリートの破片をあたりに撒き散らしただけだった。

二人は反撃に出た。

受付のカウンターの前に身をかがめ、片膝立てでカウンター目がけて乱射した。

シュシュシュシュというサイレンサー特有の発射音を残し、鉄鋼弾はそのまま受付カウンターを貫通し机の陰に隠れていた警官を殺傷した。一回の射撃でそこにいた二人が

即死した。傷ついた者はその場所に転がった。薄暗い部屋の中で硝煙の臭いと呻き声だけがあたりを支配した。

銃声と悲鳴は一階の廊下の端にいた直人たちにも届いた。

「ヤツらか？」

「どうもそうみたいだ。隣りの部屋を曲がると裏口がある。そこから駐車場に出られるから逃げろ」

橘が真剣な表情で銃を抜き、マガジンにある弾の数を確認した。

「逃げろってどこに？」

「そんなの知るか。とりあえずここから逃げろ。人が多ければ多い場所ほどいい。オレはここで防ぐから」

「防ぐって銃弾は八発しかないんだろう？　それより一緒に逃げよう」

「仲間が殺されたのにオレだけ逃げるわけにはいかないだろう。応援が来るまではここで踏ん張るから」

「何言ってるんだよ。逃げないと殺される。美沙のことも考えろよ」

「黙って行け」

橋の顔が真剣になった。

「警官てのはこんな職務なんだよ。危険から逃げるのではなく、そこに立ち向かうように訓練されてる。これは通常の職務なんだ」

それを聞いた直人は涙が出そうになった。もしそこに銃があったら、たぶん一緒に戦っただろう。直人には生への執着があった。ヤツらに捕まればどれだけ精神的に楽になれるか分からないだろうが、その時の直人にはそうできる勇気はなかった。それが臆病と言われるならそうかもしれない。

もう一度、サイレンサーの机を軽くノックするような連射音が廊下に響くと、それまでかすかに聞こえていた呻き声もしなくなった。反撃を恐れたヤツらが止めを刺したのはすぐに理解できた。二階から銃声が一、二度したが、やはりサイレンサーの短い連射音がするとそれ以上銃声は聞こえてこなかった。それからマガジンの装着音が静かな署に響いた。

暗く静かな署内に革靴の足音が響いた。廊下の端に二人の影が見えた。

「早く行け」

そう言うと橋は床に這いつくばり彼らを狙った。

橋の持っていた拳銃の発射音が二、三度連続して響いた、と同時に後ろで銃声がして、扉にはめられたガラスの割れる音がした。

「橘さん！」

自動小銃の轟音とガラスの破砕音が鳴り響き、一度は走りかけた直人は、再度後ろを振り返った。そこでは橘がうずくまり、二階に続く階段の柱の陰に隠れながら声を上げていた。

「早く行け！」

連射される銃弾がコンクリートを弾き、粉塵が立ち込める。轟音にかき消され、橘の声は直人に届かなかった。しかし自動小銃の炸裂音がやんだ瞬間、橘の声が響いた。

「美沙を頼んだぞ……」

次の瞬間、さらにすさまじい攻勢が再開された。橘はなんとか直人たちを逃がそうと応戦していた。しかし圧倒的な火力の違いによって、ついに橘の体が後ろに吹き飛び、鮮血があたりに飛び散った。

「橘さん!!」

直人は橘が後ろ向きに倒れるのを見ると、廊下を曲がり、歯を食いしばり駐車場に向かって走り始めた。

その時、もう一度銃声がした。橘の放ったものだと直人は思った。同時にその数十発の弾が後方の扉のガラスを粉々にした。

橘さんの死をムダにはできない。なんとしてでも生き残り、美沙に真実を知らせなければ……。

走って裏口から飛び出すと、停めてあったパトカーに乗り込んだ。直人がハンドルを握り、ウィリアムが助手席に滑り込む。通常パトカーにはキーが刺してある。緊急発進のためであるし、キーがそこにあっても盗難の恐れがないからだ。

キーを回すとエンジンが唸り声を上げる。急ハンドルで場内を一周すると、後続車を無視するように明治通りに飛び出した。

「どこに行く?」

ハンドルを握る直人がウィリアムに尋ねた。ウィリアムはしばらく考えると言った。

「イギリス大使館がいい。場所は分かるか?」

「イギリス大使館?」

「ああ、保護してもらう。大使館ならヤツらもやすやすとは手を出せないだろう」

「なるほど。このまま青山通りを直進するのがイギリス大使館への近道だけど、追っ手を撒きたい。ちょっと遠回りしていこう」

直人はナビを見ながらそう叫ぶと、人通り激しいセンター街方面を目指した。

「そう上手くいくのか？」

訝しげにウィリアムが尋ねる。

「たぶんね。いくらヤツらでも、こんな交通量の多い場所で攻撃はしてこないだろう。大丈夫、オレは逃げるのには慣れてるんだ」

二人を乗せたパトカーは赤色灯を点灯させて渋谷警察署を出た。赤色灯のおかげで赤信号でも止まる必要がない。

とりあえず何とか混乱を回避すると、つい先ほどの信じられない光景が頭に甦ってきた。

「橘さん……」

オレを逃がすために命を張ってくれた。妹にくっついた害虫くらいにしか思われていないと思っていたので、正直なところその行動が意外だったし、ありがたかった。

当然、警察官としての使命感もあっただろう。それでも、直人はこんな自分のために犠牲になってくれた橘を思うと、自然と涙が溢れてきた。

しかし今はそんなことを考えている場合ではない。橘さんのためにも、必ず逃げ切らなければならない。

直人は目元を手で擦ると、鋭い眼光で前方を睨みつけた。

「どれくらいで到着する?」

とウィリアムが訊いた。

「正確な位置は分からないけど、最短ならたぶん十五分もあればたどり着くと思う」

東京の地理ならある程度頭に入っている。直人は頭の中でザッとルートを検索した。

「オレはどうなるんだろう?」

「心配しなくていいさ。今から行くのはイギリス大使館だから。きっと保護してくれる。ヤツらも大英帝国相手だとそう簡単に手出しはできないからな」

「それからどうなる?」

「どうなるかは分からないが、たぶん上手くいくさ。あれだけ焦ってるんだから、大統領の命もそれほど長くないんじゃないか?　死ぬのを待てばいいだけだ。大使館から日本政府に保護を要請してもらう。それなら大丈夫だろ。そうだ、イギリス大使館に電話しておかないと。いきなりゲストに来られたらホストも困るだろう。番号は分かるか？」

「大丈夫、104で訊くから。番号サービス」

「あ、なるほど」

　直人はハンドルを握りながら全世界で使えるウィリアムの携帯電話を借りると、電話番号を調べ、ウィリアムにその番号を告げた。

「もしもし。イギリス大使館？　保護を頼みたい。どうしたかって？　トラブルに巻き込まれた。今から十分ほどで行くから、その時はよろしく頼む。私はジャーナリストのウィリアム・ブラッドというものだ。ゲストも一人いる」

　それからウィリアムは直人のほうを向いて、

「これで大丈夫だ」

　と言った。

「ウィリアムはいいけどオレは中に入れるのだろうか？」

「大丈夫だよ。だって、ビザを取りに中に入るだろう。あれと同じさ」

「だったら安心だ。それよりヤツらも諦めたみたいだな、あと十分もすれば大使館に到着するから。それにあそこは警官が多いから、ヤツらもそう簡単には手出しができないと思うし」

「良かったな」

と笑いかけたそのとき、ウィリアムが何かに気がついた。どこからか大きなヘリのエンジン音が聞こえたので、窓から首を出し空を見上げる。すると、ビルの谷間を縫うように、直人たちのおよそ五十メートル上空をヘリが監視するようにピタリと追尾してきていた。

「あのヘリ、ずっと追いかけてきてないか?……」

ボディには大きく『海上保安庁』とペイントされている。

「オレらの護衛じゃないのか?」

車の追跡は予想できたものの、まさかヘリで追いかけられるとは思わなかった直人は、信じられないという面持ちで訊いた。すると間髪入れず、ウィリアムが言った。

「そんなはずはない。お前、海上保安庁に親戚でもいるのか?」

「いないよ」

「だったら違うな」

二人の背筋に冷たい物が走った。ヤツらは本気だ。目的のためなら手段を選ばない。直人はヤツらの執念に気が遠くなりそうだったが、従来の負けん気が頭をもたげてきた。

「よし、やれるもんならやってみろ！　絶対撒いてやる。ウィリアム、しっかりつかまってろよ」

直人はそう言うと、国道四一二号線を直進し、突如ハンドルを右に切った。道玄坂交差点。視界が左右に大きく揺れる。タイヤからは悲鳴にも似た音が鳴り響いた。赤色灯を点灯させたパトカーが細い路地を全力で走っていく。

「こちらレッドアイ。シャドー聞こえるか？」

「ああ、今あいつを捜してる最中だ」

「ターゲットは外に逃げた。ヘリが追跡している」

「なんで連絡しないんだ」

「したさ。何度も」

「たぶん銃撃戦で聞こえなかったんだろう。今からそちらに向かう。ターゲットの位置をナビに送ってくれ。追跡するから」

そう言うと、目の前に横たわっている橋の頭を撃ち抜き止めを刺した。

「意外と手こずったな。お前らしくもない」

「ああ、十人ほど警官を射殺した。意外と銃を所持しているのが多くてな。誰だ、日本の警官は銃を撃ってこないと報告したヤツは」

そう言うと彼は足元に落ちていた橘の銃を指で取り上げ、何発も体に銃弾を受けて血まみれになった橘の死体の上に丁寧に置いた。それからポケットからハンカチを取り出すと、二つに切り裂き、出血している左手にそれを巻いた。白いハンカチが見る間に赤く染まった。

「こいつらもなかなかやるな」

シャドーがそう言うと、もう一人の男も黙ったままうなずいた。男は黒いかばんから注射器を取り出すと、すばやくそれをシャドーに打った。

「ヘロインだ。痛み止めだよ。弾は貫通している。あとで縫ってやるよ」

それから止血帯で上腕を固く縛ると、手の上に止血剤を振りかけた。

「いい腕をしてるな」

シャドーが礼を言うと男は黙って注射器をかばんの中にしまい込み、ふたたび自動小銃を右手に抱えた。

二人が警察署の外に出ると、すでにパトカーが二台到着し、警官数人が署を取り巻くように銃を向けていたが、二人の重装備に愕然とし、誰も発砲する素振りは見せなかった。二人は悠然と車に乗り込んだ。それからエンジンを掛けるとナビに直人の居場所が赤い点となって表示された。

　その間にもパトカーは道を塞ぐ形で四台に増えていたし、後方は後方で二台のパトカーが逃げ道を塞ぐ格好で道の真ん中に止まった。ザッと見ても警察官の数は十人を超えている。どの警官も拳銃を抜き、照準を二人に合わせていたが、誰一人発砲する者はいなかった。


「レッドアイどうぞ、こちらシャドー」

「どうした」

「そこから見えるだろう。目の前の警官隊が」

「ああ……。今捕捉した。前に五台、後ろに一台、あと赤色灯をつけたバスがそっちに向かってる」

「ああ、だんだん数が増加している。警察車両は出てこないはずじゃないのか？」

「お前さんたちが派手にやったから誰かが通報したんだろう。まあいいさ、排除する。それより二分ぐらい掛かるがいいか」

「できるだけ早くな。ターゲットが逃げる」

二人はそれから車に閉じこもった。あれほど明るかった陽の光は傾き始め、前のビルの窓に当たると、その照り返しの光を車の中に注いでいる。

取り巻く警官が「武器を捨てて出てきなさい」とハンドスピーカーで投降を勧告するのを尻目に、ダークネスは悠然とタバコに火をつけた。

「体に悪いぞ」

シャドーは隣りの男を諭したが、男は声を出さずに肩を揺らして笑った。

「お前たち何を見ているんだ。早く射撃を開始しろ」

署長の窪田が二階から下りてくるなり、取り囲んでいる警官たちに怒鳴った。

「まだ、命令は下りておりません」

「どこの命令だ」

「本庁のテロ対策室です。先ほど全ての行動を停止しろとの命令がありました。身柄の拘束が第一だとのことです」

指揮官らしい男が軽く敬礼すると、そう返答した。

「ふざけるな。署に入ってみろ。血の海だ。十人以上がヤツらに撃たれた。生死は分からん。オレの命令だ。全責任はオレが持つ。直ちに発砲せよ。ヤツらはただ者ではない。このまま見守ってみろ、お前らも殺られるぞ」

その声を聞いた指揮官は躊躇った。どちらの命令が正しいか判断できなかった。その時、窪田は自ら銃をホルスターから抜くと、黒塗りのセダンに向けて発砲した。

二十メートルほどしか距離はなかった。弾は吸い込まれるように車に向かった。が、装甲に当たると火花を散らして跳ね返った。

「全員撃て、車は完全防弾だ。フロントガラスを狙え」

機動隊の指揮官の命令が下った。そこにいる二十人の警官が一斉に発砲した。全員が全員フロントガラスに向かって発砲したが、ガラスを傷つけることすらできなかった。

通常、防弾ガラスといえども数発の弾丸が当たると割れる。それが今回はそうならなかった。それは通常以上の厚さを持ったガラスを意味した。

「まるで装甲車じゃねえか。誰か自衛隊に通報しろ。豆鉄砲じゃ役に立たない」

窪田が叫んだ。


カンカンと音を立てて跳ね返る弾丸の音の中で無線が入った。

「こちらレッドアイ。あと二十秒で排除する。警察車両との距離が短いから、カウントダウンに入ったら後ろに下がってくれないか、間違って爆発に巻き込まれる可能性がある。排除が終わったら元の位置へ。いいな」

「了解。今回も手荒そうだな。今ヤツらが必死の形相で撃ってきている。この様子だと怒り心頭だな」

シャドーが笑うと、もう一人の男も煙を吐き出しながら、今度は声を出して笑った。

「これよりファイブカウントダウンを始める」

その声と同時に黒いセダンは全力で後ろに走り出した。突然、周りの音を消し去るようなヘリのローター音が響くと、アパッチが一機、ビルの屋上から姿を現し、セダンの上空、警官隊の前のほうでホバーリングした。

突然の出来事なので、取り巻いた警官隊にも動揺が走った。ある者はそれに向かって発砲したが、その装甲にはなんらの影響もなかった。

アパッチはパトカーと機動隊のバスを睨みつけるように見据えると、二十ミリバルカン砲が音を立てて回転し始めた。それから車列に向かって曳光弾《えいこうだん》の交じった二十ミリ機関砲を発射した。薬きょうがバラバラとセダンの屋根の上に落下する。甲高い金属音が車内に響いた。

二十ミリの銃弾は弾頭に爆薬を含むため、当たれば爆発する。

前方にある五台のパトカーバスは一瞬にして燃え上がり、それからいとも簡単に爆発した。

周りにいた警官もその爆発に巻き込まれるか、二十ミリ機関砲の銃弾で体を真っ二つにされた。

十秒ほどの出来事である。

アパッチヘリはそこに警官が一人も立っていないのを確認すると、今度は悠々と旋回して向きを変え、セダンの後方にいる二台のパトカーに狙いをつけると同じように発砲した。弾が当たるとそれらもまた燃え上がり、爆発した。

「これで通れるか?」

炎上するパトカーの光景を見ながら〝声〟が言った。

「だいたいな」

「悪いな、いくらなんでも街中で対戦車ミサイルはぶっぱなせないからな」

〝声〟は笑った。

「十分さ。今から移動する。追跡してくる車両は全て破壊してくれ。時間がない」

「了解した。だがこのあと一分の間、目を瞑る。正確には四十五秒だ」

「目を瞑る？　衛星が死角に入るのか？」

「そうだ。停止衛星といえども自転の関係で三機ともヤツを捉えることはできない。ただヘリが上空からヤツらを追跡監視してるから、たぶん大丈夫だろう」

「ヤツらはどこに行くつもりだ。もう逃げ場はないだろう」

「イギリス大使館だ。電話を傍受した」

「ブラフではないのか？」

「可能性は少ないな。同行しているのはイギリス人のジャーナリストだ。彼の提案だ。いいアイデアだ。それに他に逃げ場所はないからな、死ぬなら別だが」

〝声〟はふたたび笑った。

「今からそちらに向かう。中に逃げ込まれるとそう簡単には手出しができないから、阻止のほうはしっかり頼むぞ。なにせ相手は大英帝国だ」

「ああ、任せてくれ。ただターゲットを追跡しているのは海上保安庁のヘリにカモフラージュした小型のやつだから、そんなに性能は良くない」

「攻撃ヘリはないのか？」

「そんなに贅沢には飛ばせないだろう。何せ日本の首都だ。今回使用しているのはお前さんの上の一機だけだ。だけどそいつも加わらせるから」

「ありがたいお言葉」

〝声〟はそれに大笑いすると、

「大使館の位置はマークしておいた。ターゲットをロストしたらそこに向かってくれ。あと二十秒で目を瞑る。目を覚ましたらまた連絡を入れる」

と言った。

「ああ、おやすみ」

シャドーが窓を開けて上空のヘリに敬礼すると、パイロットもそれに応え、それから急旋回してビルの屋上彼方へと姿を消した。

車が燃え上がりながら道を塞いでいるパトカーの列に勢い良くぶち当たると、道ができた。

彼らはふたたび直人のいる方向に向かって追跡を始めた。

18

そのころ、総理大臣官邸に笹井防衛大臣が訪問していた。

「総理ご存知ですか。ついさっき国籍不明の攻撃ヘリがパトカーを攻撃し、その上警官を十数人殺傷しました」

大下総理は机の上に肘を付き、冷静な声で、

「笹井くん、まあそう慌てずにそこに座りなさい」

と目の前のソファーを指差した。

「誰かコーヒーでも入れてあげて」

そう言うと立ち上がり、ソファーの上にドカッと腰を下ろした。

「そんな、悠長なことを言っている暇はありません。国籍不明と言っておりますが、実際は米軍機です。朝から戦闘機が警視庁のヘリを二機撃墜し、今は今で攻撃ヘリアパッチがパトカーを破壊している。もしかしたら気が狂った米軍のパイロットか、い

やテロの可能性も捨て切れておりません。すぐに米軍に確認を願います。それから直ちに戒厳令の発動をお願いいたします」

「キミもせっかちだな。そんなことは放っておきなさい」

「何をおっしゃっているのかまったく理解できません。現在、米軍機が日本、それも首都を破壊しているのです。いかなる状況であったとしても自衛隊に出動させ、抑えなければなりません」

「分かっておる。もう終わるから」

「終わる?」

「何をおっしゃっているのかまったく理解できません」

「キミもせっかちだな。構わないでいいと言っているんだよ」

黒縁のめがねをずり上げながらそう言うと、革張りのソファーにドッカリと腰を落とし、笑みとも取れるような表情を防衛大臣に向けた。

「いかなる状況であったとしても自衛隊に出動させ、抑えなければなりません」

「しつこいぞ、分かっておる。もう終わるから」

笹井の声をさえぎるように、大きな声を発した。その声に驚いたのか、言葉に驚いたのか、笹井は鳩が豆鉄砲をくらったかのような顔をした。

「終わる?」

「そう。それまでジッと我慢の子よ」

「どういうことですか?　納得できません」

納得いかない笹井は、身を乗り出し、語尾を強め、大下に迫った。

「今朝、電話があった。誰からだと思う。マイフレンド、つまりアメリカ大統領だ」

「大統領が?」

「ああ大統領は公務で忙しく、正確には副大統領からなのだが、実は今日、直々に電話をいただいた。反米主義者のテロリスト相手に秘密裏に軍事行動を起こすが許可が欲しいと言ってきたんだ」

笹井は黙ってうなずいた。それから目の前に運ばれてきたコーヒーを静かに飲んだ。

「先ほど、警察にも手を出さないようにと命令を下した。だからキミも静かにしておきなさい。警察を使ってその男を確保しようと提案したが、彼らの言うには日本の手を借りたくないらしい」

「そうなんですか」

笹井は信じられないという声を出した。

「ああ、マスコミにも圧力は掛けた。たぶん何らかの事故か、一部の兵が起こした反乱として報道されるだろう。まあその時はキミに責任を取ってもらうか、それとも警視庁長官に取ってもらうかはあとで決めるが、まあどちらにしても次の行き先は考えてあるから心配はしなくていい。ただ今勝手な行動を取ると、その選択肢はなくなるがな。それはキミも政治家としてよく理解しているだろう?」

首相は笹井をいったん鷹のような目つきで睨みつけると、ふたたび穏やかな顔になった。笹井はコーヒーを一気に飲み干すと、カップをテーブルの上に乱暴に置いた。

「しかしながら、戦闘ヘリが東京上空で警官相手に攻撃してるんですよ。それも日本を守るべきアメリカ軍のヘリがです。それに軍事行動を起こすなら防衛庁に一言連絡を入れてもいいではないですか?」

「だから、それがどうしたというのだ?」

「どうしたもこうしたもありません。警察官が十人以上も殺傷され、今東京上空では戦闘行動が取られているんです。それが問題ではないのですか?」

「もちろん、それは大問題だよ。だけどそれがどうしたと言ってるんだ。彼らが捕捉したいのはたった一人の日本人だ。確保してもらえばいいじゃないか。どうせ何か国益に反することをしたんだろう。その情報はこっちには来ていないが」

「それではたった一人の人間を確保するために何十人の日本人を殺してもいいということですか？」

「いいじゃないか。今日だけの話だろ。それより、もしかしてキミは、自衛隊機を出動させてアメリカ軍機を叩き落とそうとでも言うのか？　もしそんなことをしたらどんな事態になるか分かっているのか？　日米の安保条約の根幹に関わることだぞ」

「今米軍が取っている行為こそ安保条約に違反しているではないですか？」

　総理の言葉が笹井の中で空中分解していった。

「それはそうだが、もう少し様子を見たまえ。すぐに終わると思うよ、ボクは。それとも今ここで防衛大臣の職務を離れるか？　それはキミが決めることだが、あまり得策だとは思わないがな。政治生命に関わることだから。それよりコーヒーでも飲んでここで様子を見ようではないか」

「いったい米軍は誰を追いかけているんですか。何十人も犠牲者を出すまでして」

「普通の一般人。それもフリーターとは聞いたが、それ以上は聞いてない」

「フリーター？　それなら米軍が独自にやるのではなく、警察や公安に依頼するのが筋ではないですか？　とにかく早くこの攻撃を中止させてください」

「いいか笹井くん。日本は全てアメリカに依存しているんだ。軍事もそう経済もそう。全部が全部だ。敗戦以来日本はアメリカ主導の下に存在してきたのだ。それは分かるだろう？　今でも日本の制空権は大部分をアメリカが持っている。日本はいわばアメリカの植民地なのだよ。もし、アメリカにそっぽを向かれたら、日本は独力で国家を維持できると思うのか？　アメリカが軍事を担当しているからこそ、平和があるのだ。それをたった一日、アメリカ軍が我が国で軍事行動を起こしただけで、日本はノーと言えるのか？」

笹井が返答に困っている様子を見て、首相は念を押した。

「日本はアメリカ軍のヘリを撃墜することなどできるのか？」

19

道玄坂は意外と混雑していた。赤色灯を回しながら追い越し運転をしようにも、前の車が邪魔をしてそれ以上先には進めない。歩道にも人が溢れている。

ウィリアムがふと見上げると、一人の男がヘリから身を乗り出してライフルを構えるのが目に留まった。

「次を右折しろ。撃ってくるぞ」

対向車線の車を無視するように直人は右にハンドルを切った。ヘリは旋回できず、そのまま直進した。

「撒いたか？」

直人はウィリアムに訊いた。その時前方からヘリがこっちに向かってやってくるのが目に入った。

「死角に入れ」

その声と同時に今度はハンドルを左に切った。

「大使館の方角は合ってるのか？」

「今は命のほうが優先だ」

ハンドルにしがみついている手に汗がやたらと絡みつく。

ヘリはいったんやり過ごすと、ふたたび後ろにピタリとついた。エンジン音がやたらと大きくなる。

「ヘリから誰かが立ち上がった。狙撃されるかもしれないから、できるだけ細い道を走れ」

上空を見ているウィリアムが叫んだ。少しでも直進すると弾の当たる可能性が高くなる。

「一方通行だが、右の道に入って左手に折れると大通りがある」

「明治通りか？」

「たぶんな。そこなら交通量が多いから、やすやすとは攻撃できないはずだ」

車はウィリアムの指示どおりに手ぎわ良く動くと大通りに出た。

「シャドー、おはよう。今、目を覚ました」

「意外と眠りが浅かったな」

「ああ、四十秒だった。ヘリの情報を元にこれからターゲットを捕捉する。ゴールはイギリス大使館のままでいいから……。ターゲットを捕捉した。今明治通りを北上している。たぶん迂回して大使館に向かうつもりだ。どうする？　そっちに直接先回りするか？」

「そうする。このまま案内してくれ。途中で捕捉できるかもしれないからな」

「たぶん大丈夫だと思うが、了解した。では今から明治通りを封鎖する。相手は赤色灯をたいているからそう簡単には止まらない。封鎖するしかないだろう。それに迂回するといっても道は限られてるから、そこを先回りして捕獲せよ」

「封鎖？　また激しいことを考えてるな」

シャドーは笑った。


明治通りに出た。が、交通量は意外と多い。赤色灯とサイレンを鳴らしているおかげで目の前の車は徐行し、道を開けた。

「前方の車、道を開けて、停止しなさい」

直人はスピーカーに怒鳴った。

「キミも余裕があるな」

ウィリアムは前方を見ながらニコリとした。

「赤色灯をつけてるから、このぶんだと外苑からイギリス大使館まで、ちょっと遠回りになるけど、意外と早く着くかもしれない」

その時、道路前方の上空にアパッチヘリが姿を現し、ビルとビルの間でホバーリングをした。

「もしかしてあれって味方か？」

直人が言った。

「キミもおめでたいヤツだな。味方のヘリが攻撃態勢を取りながら前方に姿を現すと思うのか？」

「思わない」

その時、アパッチは前方を走行している十トントラックに突然、対戦車ミサイル攻撃を仕掛けた。ミサイルは的確にトラックの運転席に飛び込み、爆発すると、前後を走っていた乗用車三台が吹き飛び空中に舞い上がり、横転し道を塞ぐ形で止まった。明積んでいた土砂が雨の様に降り注いだ。それに驚いて後ろに続く車も急停車した。明治通りは完全に麻痺した。

「右に曲がれ」

ウィリアムが叫ぶ。直人が急ハンドルを切った。

「まったくメチャクチャじゃねえか。民間人に攻撃するよりなんでオレを直接撃たないんだ」

「キミの心臓が必要なんだ。そのためには何人犠牲者が出ても構わないんだ。まかり間違って殺してみろ、心臓が役に立たなくなる」

「メチャクチャな論理だな」

「論理？　そんなもの存在しないさ。キミのその心臓だけが、今や世界中で一番大切なものなんだから。キミの鼓動はいわば『プレミアム・ビート』だな」

直人は思わず右胸を押さえた。

「嬉しいよ。移植の時に大統領に謁見できるなんて」

「素晴らしい考えだ。それならこのまま捕まるか？」

「嫌だ。オレには将来がある。それにオレのハートは彼女だけの物だから」

直人は笑ったが声にはならなかった。昨日まで普通の人生を送っていた自分の心臓を、世界で最高の権力者が狙っている。そのことがどうしても理解できない。だがそれが現実だった。

「笹井大臣」

ノックもせずに秘書官が急いで部屋に入ってくるとメモを渡した。笹井はそれに目を通すと秘書官のほうを見上げ驚いた表情を見せた。

「本当か?」

秘書官が黙ってうなずくのを見て、笹井は半ば怒りを込めた目つきで総理のほうを見据えた。

「総理、事態は悪化しました。アパッチがパトカーを破壊したあと、今度は明治通りで民間車両に攻撃を仕掛けました」

「民間車両だと」

大下は思わずソファから立ち上がり、掛けていた老眼鏡を外した。

「はい。対戦車ミサイルを乗用車に向かって発射、五台の車両が破壊され、現在も炎上中。死者、ケガ人が相当出た模様です。明治通りは封鎖されております」

「それで逃走車両は?」

「明治通りの裏道を抜け、今国立競技場のほうに逃走しております」

笹井が総理の前に進み出た。

「アメリカ軍はいったい何をしているのだ」

「ぜひ、治安出動の発令をお願いします。自衛隊のF15でしたら、アパッチを撃墜することも可能です。このままではどれだけ民間人に犠牲者が出るかも分かりません、それに最悪の場合、皇居や国会議事堂が攻撃を受ける可能性も否定できません」

「他に手立ては」

「警察に逃走車の確保をさせたらどうでしょうか?」

「ダメだ。それはくれぐれもやめてほしいとアメリカからの要請がある。秘密作戦だそうだ。それより自衛隊機に対してアメリカ軍が攻撃を仕掛けてきたらいったいどうなる? 我が軍は応戦するのか? 下手をすると戦争が起きるぞ。それも首都上空でだ」

「お言葉ですが、これは非常事態です」

「しょうがない。アメリカ軍に対してもう一度アパッチを抑えるように要請してくれ。それと警察に逃走車の保護を指示しろ。このままでは日本国の威信に関わる」

「了解いたしました。すぐに指示いたします」

笹井が部屋を出たあと、首相は腕組みをし、それから机の横にあるテレビをつけた。そこには明治通り上空を悠々と旋回するアパッチの姿と、炎上する乗用車と逃げ惑う市民の様子が映されていた。

（こんなことになるなら、警察で確保しておいたほうがよかった。これほど日本はアメリカに対して無力なのか？）

そう思ったが、他に取るべき手段はなかった。

「すぐにスクランブル発進を命令しなさい」

ドアを荒っぽく閉めると、笹井は廊下に立っている小倉一佐に命令した。

「それでは総理が許可されたんですか？」

命令系統を無視した命令を小倉は不思議に思った。

「いや、許可は出なかった。これより命令は私が私の責任において出す」

「おっしゃる意味が理解できません。あくまでも自衛隊の指揮権は総理にあるはず、いくら防衛大臣でもその命令はお受けできません」

「キミの言うことは分かる。が、総理は腑抜けだ。アパッチがこれだけ首都上空で暴れて民間人や警察に被害が出ているにもかかわらず、我々には出動命令が出ない。もしあのヘリが皇居や国会議事堂を襲撃することになったらどうする。それでも我々は何もできないのか？」

「それはそのとおりですが、ただ憲法がある以上、下手をすれば反乱軍として処罰されます」

小倉は口を濁した。

「それは十分理解できる。が、治安出動が発令されない以上どうすることもできないではないか。我々日本人を守るのが自衛隊の役目ではないのか？　それとも国民を守ることが反乱なのか？　とりあえず時間がない。直ちに出撃し攻撃ヘリを撃墜しろ。私の命令である。全責任は私が取る。防空センターに連絡し直ちにスクランブル発進せよとの命令を出すように。手続きを踏んでいる時間がない。幕僚長には私から直接伝える」

笹井は総理執務室の前で小声で、しかしはっきりと命令した。

直人の運転する車は外苑の外周道路を逆行した。このまま行くとすぐに青山通りに抜けられる。赤色灯とサイレンが幸いして、向かってくる車は道を開け路上に停車した。

その時、ガンガンという音と衝撃がして、突如ボンネットに大きな穴が開くのが分かった。それから白い煙が噴出し、車の速度が急激に落ちた。

「ヘリか？」

上空を見上げると、男が半身を乗り出し大型ライフルを構えているのが目に入った。

「シリンダーがやられたみたいだ。行けるところまで行ってから車を捨てるぞ。できるだけ大使館のほうに向かうから」

白い煙を吹きながら車は青山通りに飛び出し左折した。休日のわりには車の量は意外と多い。

「大使館までもつかな」

直人が心配そうな声を出した。煙が窓を通して入ってくる。

「あとどれくらいだ？」

「このままだと五分もかからない。上手くヘリを撒いたみたいだし」

直人は肩越しに空を見上げた。

左手に豊川稲荷の赤い鳥居が見えた時、前方の高速道路の高架上空にアパッチが現れ、ホバーリングを始め、再び攻撃態勢を取った。バルカン砲が静かに回り始めるのが目に入る。

「ハンドルを切れ！」

ほとんどスクラップになったパトカーは煙を吐きながら向きを変えた。道路のアスファルトを引き裂く二十ミリ機関銃の爆発音が起こったが、それを振り返る余裕さえ二人にはない。

「もうすぐ奴を捕捉できる。二百メートル前方を走っている」

ナビに映し出される赤い点を見ながらシャドーは嬉しそうに大声を張り上げた。

「ああ、分かってる。が、少し厄介なことになってきたぞ」

全速力で青山通りを進むセダンの車載スピーカーから声がした。

「厄介なことになってきたって？　どうかしたか？」

「自衛隊機が百里基地より二機、スクランブル発進した」

「自衛隊だと」

「そうだ。Ｆ15が二機そちらに向かっている。こちらも厚木よりＦ22を二機出撃させた」

「日本は本当に我が国と戦争をするつもりなのか？」

「真意は分からんが、もしかしたらそうなるかもしれんな。まずアパッチを離脱させ、レーダーに捉えられないように代々木公園空き地にでも着陸させる。間違って撃墜されると少々厄介だからな。だからターゲットの直接追跡はお前たちに任せるが、くれぐれも頼むぞ。なんせゴールは決まってるんだから楽な仕事さ」

笹井から連絡を受けた府中にある防空センターは緊張に包まれていた。対朝鮮半島のスクランブルは何度も訓練してきたが、日本国内での空中戦は訓練したことがない。ましてや、今回は合同訓練の相手が敵である。

「厚木と横須賀の戦闘機に目を配るように」

防空センター指揮官の五味二佐は緊張していた。仮に戦闘機が出撃したとなると、攻撃行動か回避行動を取る必要がある。

(出てくるな)

と心の中で祈った。出てくれば戦闘になる。それはすなわち日本とアメリカの戦争を意味した。彼の期待を裏切るようにレーダー管制官が怒鳴った。

「F22が二機厚木より緊急発進しました」

二つの白い点が厚木基地より発進し、高速で移動していくのが目の前のクリスタルでできた巨大スクリーンに映し出された。

「どうしますか？　相手もやる気なんでしょうか？　それともアパッチに攻撃をする

のでしょうか?」

「真意は分からんが、ステルス飛行をしてないようだから我々への牽制かもしれん。もしかしたら、アパッチを撃墜してくれるのかもしれないが。それよりコンタクトまであと何分だ?」

「一分半で交差します。ミサイル攻撃するなら今しかありません」

隣りにいる四つ木三佐が叫んだ。

「どうしますか。こちらからさらに戦闘機をやりますか? それとも対空ミサイルを発射しますか?」

「いや、待て、アパッチ制圧のことも考えられる。それにこちらからミサイルを撃ち込むことになると彼らもさらに出してくるだろう。このまま様子を見よう。でないと戦争になる。それも東京上空でだ。自衛隊機に指示、巡行速度にて飛行せよ。決して攻撃を仕掛けるな。前方にいるのはアメリカ軍機である。繰り返す。攻撃は仕掛けるな」

その時、

「前方の自衛隊機に告ぐ。これより基地に帰還せよ。繰り返す、これより基地に帰還せよ。さもないと撃墜する」

Ｆ22のパイロットが発する警告を司令部も聞いた。

「どうしますか?」

四つ木が確認をする。

「ヤツらはアパッチの制圧に出たのではないのか。こちらへの迎撃なのか」

五味が独り言のようにつぶやいた。

「コンタクトまで一分」

管制官が叫ぶ。二つの点が刻々とその距離を縮めていく。

(何をバカな。東京は日本の国土だろう。なぜ自衛隊機が飛行できないのだ。日本の空はアメリカの空ではないぞ)

その時、パイロットからの連絡が入った。

「こちらＦ15、池上一尉です。アメリカ軍の警告を無視しますか。それともこのまま引き返しますか?」

「Ｆ15二機とＦ22二機が戦ったらどちらが強いと思う?」

五味は分かりきった質問を四つ木にぶつけた。

「当然Ｆ22です。たぶん一分も持ちますまい。改造を加えているといっても四十年も前の機体です。勝負にもなりません」

「コンタクトまで十五秒、カウントダウンに入ります」

「あと十秒で赤坂見附上空のアパッチを目視します。機銃攻撃可能です。ご指示願います」

「七、六、五」

管制官がカウントダウンに入った。

「アパッチが高速で移動し始めました。代々木方面です」

「ただちに百里に帰還せよ。ヤツらもこれ以上暴れることはないだろう。が、引き続き戦闘態勢を取れ。日本をアメリカの自由にさせるわけにはいかんのだ」

五味は決断した。これが現場での最良の選択だったと自分に言い聞かせたが、納得のいくものではない。だがそれしか方法はなかった。

二機のF15は六本木ヒルズの横を轟音を立てながら高速ですり抜け旋回し、レインボーブリッジの上を通過すると機首を北方に向けた。


半蔵門の駅前を通過したところでパトカーは白い煙を吹き上げるように止まった。二人は上空を見上げたがこちらを監視するヘリはどこにもいなかった。陽は更に傾いていたが、夜になるまでにはまだ時間がある。この坂を下ればイギリス大使館の入り口がある。走っても五分もかからない。

「前方二百メートル先にホテルがあるからそこまで何とか行こう。裏庭を通ると大使館に出られる。それで大丈夫か？」

直人は再度確認した。確認してもしょうがないのだろうが、口に出すと不思議に落ち着いた。

「それがいい。狙撃される可能性が少なくなるからな」

二人の前に『ホテル東京』の車止めが目に入った。

二人は中に飛び込んだ。人目につくとヤッらもそう簡単には攻撃できないだろうし、ヘリを撒くにはこの方法しかなかった。

「イギリス大使館の方向はどちらですか？」

立っていたベルボーイに直人が尋ねると、彼は黙ってその方向を指差した。


「心臓はまだ来ないのか？」

手術中と書かれた赤いランプを睨みながら、ドルトン副大統領は携帯電話に叫んだ。

「もう少しで身柄の確保が可能です」

〝声〟が緊張気味に答えた。

「確保してからどれくらい時間が掛かるのだ?」

「最速で三時間もあればワシントンまで運べるかと思いますが。空中給油しながら全速力で飛びますので」

「とりあえず急いでくれ。生命維持装置で何とかしているが、いつまでもつか分からない」

「ヤツらはホテルに入った。そちらに急行せよ。館内の地図はそちらに転送する。ヤツらの居所を赤外線熱温度探知機で把握するから、いいか」

「ああ、ありがとう。ホテルに人は多いが特定できるのか?」

「ヤツのデータは全部把握してるから大丈夫だ。鼓動の動きまでしっかり把握しているさ」

「頼もしいな。ところでお付はどうなった」

「現在追跡はない。全部排除してある、いや待てよ。パトカーが二台接近している。前方に一台、後方百メートルに一台だ。その後ろに五台の反応がある。意外としつこいな、もう一機のヘリで排除する」

「それは助かる」

「ホテルまでの予想時間はそこから直線距離で五分三十秒だ。信号はこちらで操作して青色にするが、交差点の飛び出しには気をつけてくれ。日本人はどうでもよいが車に巻き込んで動けなくなるといけないからな」

「了解」

「ヤツらもそんなに簡単に居場所を把握できないはずだ。お迎えまでの時間稼ぎに上に行くぞ」

ウィリアムの提案で二人は披露宴でごった返しているロビーを抜け二階に向かった。出口で待ち伏せされていることも心配だった。

階段を駆け上がったところに、館内の地図がある。

「右奥の会議室に行こう」

ウィリアムが叫んだ。

近くにヘリのローターの音が響いているので、かなり低空飛行しているのが分かった。

パトカーを攻撃しているのか、時々ライフルの銃声がその音に混じった。

会議室に入るとウィリアムはふたたび電話をした。

「大使館か。先ほどのウィリアム・ブラッドだ。今ホテル東京にいる。保護してほしい。独力でそちらに向かうのは無理だ。武装したヤツらに追いかけられている。それと警察にも連絡してくれないか。今二階奥の会議室にいる」

「了解した。今から書記官と警察官を派遣するから、そこから動かないでくれ。いいな」

携帯電話の向こうで叫ぶ声が聞こえた。

ウィリアムは携帯に叫んだ。

「頼む。早く来てくれ」

「ターゲットを捕捉した。ホテルの二階、右手奥の会議室だ。館内地図はそちらに転送する」

「仕事が早いな。本当に我が国の軍事力は恐ろしいほどだ」

「敵にするなよ」

〝声〟は笑った。

二人はホテルに着くと、車を放置してフロントの前を歩いて通り過ぎた。コートの中に自動小銃を隠すと、直人たちの跡を追い、ロビーの階段を二階に駆け上がった。

「レッドアイ。ターゲットはどっちだ」

「一番奥の右側の会議室の奥に隠れている。今からヘリをホテル上空に向かわせるから、捕獲後屋上に上がってくれ。そこで拾う」

「場所はあるのか?」

「ホバーリングのマークが付いているが、強度を見るとこれくらいなら何とか強行着陸できるだろう。疑うならそのホテルの構造計算と図面を送るが?」

「冗談は止せ」


カーテンの後ろに隠れながら、直人は神経質なくらい緊張した小声で言った。

「静かに電話してくれ。いつ何時彼らがやってくるか分からない」

「悪いな、いつもの癖で」

ウィリアムは苦笑いをした。

「こちらこそごめん。強く言いすぎた。だけどここにいれば大丈夫だろう」

ガチャ。

その直後、会議室のドアが開き、刺客の怒声がこだました。

「もうお前たちの命運も尽きた。おとなしく出てきたら命は助けてやろう。もし出てこなかったらこの場で射殺する。お前たちの居場所は分かってるんだ」

「本当に射殺できるのか？　心臓がなくなるぞ」

ウィリアムは両手を上げて、カーテンの後ろから出た。直人もそれにならった。

「昨日はバーボンをありがとう」

シャドーがサングラスを上にずらすとニコリとした。

「お前か？」

サングラスを取った顔にウィリアムは見覚えがあった。

「ああ、情報収集のためにあんたに近づいたが、まさかここまで彼についてくるとは夢にも思わなかった」

「ああ、自然とそうなってしまった。ところで大統領の容態はどうなんだ？」

「大統領？　なんのことだ」

「とぼけるな。全部知ってるさ。彼の欲しがっている心臓の話も、イギリスで殺人事件を起こしたことも。アメリカ合衆国大統領なら自分の心臓のために殺人をしてもいいのか？」

「あんまり話をするな。世の中には知らなければならないことと、知ってはいけないことがある。知り過ぎることはお前の体に毒だ」

シャドーは口元にニヒルな笑みを浮かべた。

「ご忠告ありがとう」

「そいつを渡してもらおうか。ここだけの話、時間がない」

男は手招きをした。

「なぜ、オレを連れて行かないといけないんだ。大統領もオレの命もどっちも同じ命だろ」

直人は声の限り叫んだ。その声をさえぎるように、シャドーは、

「知ってるか？　命には重さがあることを。残念ながらお前の命は軽かったんだ。早く来い。時間がない」

今度は命令口調になった。

「来ないとこの場でお前を射殺する。心配しなくていい。頭を撃ち抜くだけだ。痛みはない」

「だけど、ここで彼を射殺しても意味がないだろう。お前が欲しいのは彼の命ではなくて心臓なんだから」

ウィリアムが口を挿んだ。

「心配するな。オレの相棒は外科医だよ。イザとなればこの場で取り出せるさ」

そう言うともう一人の男を見た。男は左手に持った四角い黒かばんを少し掲げると、ニコリとした。

「早く来い」

シャドーはくり返した。

その声に促されるように直人は一歩踏み出したが、それ以上はどうしても足が進まない。

これ以上他人を巻き込むことはできない。橘や美沙には申しわけないが、自分一人のために犠牲者を増やすわけにはいかない、と直人は腹をくくった。

「最後にウィリアム、彼女に伝言を残したい。ここまで来たら、もうオレは死ぬしかない」

シャドーはうなずいた。

「愛してた、そう言ってくれ」

「他には?」

「それだけで十分だ」

ウィリアムは黙ったままうなずいた。

「さあ、行くか」

そう言うと、シャドーは無線に話しかけた。

「ターゲットを捕獲した。お迎えを呼んでくれないか。三分後に上に行く」

若干の沈黙があった。

「聞こえるか？」

「……」

「聞こえるか？　レッドアイ」

シャドーは繰り返した。すると落胆した声が無線を通じて聞こえた。

「イーグルが地に落ちた。繰り返す。イーグルが地に落ちた。つい一分前のことだ。もうビートは要らなくなった」

「ダメだったのか？」

「ああ、残念なことにな。これより撤収してくれ。ヘリはそのまま待機させておく。ホテルの周りは警官隊で囲まれているから他に逃げ道はない」

「了解。ターゲットはどうする？」

「処理してくれ」

「処理するのか？」

シャドーはもう一度聞き返した。

「ああ、イギリス人は脅すだけでいいだろうが、ジャップは処理してくれ。あまりにも多くの警官を殺し過ぎた。彼が警察に詳細を話すと外交問題になる」

「了解」

そうマイクに向かって言うとシャドーは二人のほうを向いて、自動小銃を構えた。

「残念ながら、お前の命はここでもらう。悪く思わないでくれ」

そう言って直人に照準を合わせた。

「そんなの勝手過ぎるだろう。どう考えてもおかしいよ。なんでオレが殺されないといけないのか分からない。オレはオレなりに、まっとうに一生懸命に生きてきた。それがなぜ殺されないといけないんだ。納得いかない。大統領は死んだんなら、生きていてもいいはずだ。もうオレの心臓はオレだけのものだろう。それにこの件については誰にも話さないから。話したところで誰が信じる？　誰も信じないさ。だから殺す意味なんか、何もないだろう」

「なぜ、死ぬかよく分からないだと。まあそれが人生ってもんだ。昨日まで生きていたヤツが今日事故で死ぬ。それとまったく同じことだ。人生なんて不公平なものなんだ、気の毒だけどな」

シャドーの指がトリガーに掛かった。直人は両手で顔を覆ったが、そんなことは何の意味もない。ただ恐怖がそうさせただけだ。

「待て」

迫力のあるその声にシャドーは思わずウィリアムを見た。

ウィリアムが自分の第一ボタンを引きちぎってシャドーに投げると、彼はそれを左手で受け取った。

「何だ?」

「よく見てみろ」

「カメラか?」

「ああ、お前の映像は全部撮らせてもらった。素顔もな。たぶん朝のニュースには流れるはずさ。大スクープだろう。目を覚ますとお前も有名人だ」

「嘘をつくな」

シャドーは今度は銃口をウィリアムに向けながら、そのボタンをマジマジと見た。ボタンの中でまるで生き物の目のように自動でピントを合わせるレンズが見えた。

「嘘でもなんでもない。さっきからの映像は全部ロンドンのサーバーに転送されて、今頃は編集されてる。お前の顔もバッチリ全世界に放映される。ここで取引だ。もし彼の命を救ってくれるなら本社に放映を止めさせよう。会社もオレもみすみすこんな大スクープを捨てるのは嫌だが、人命軽視をしたことが世間にバレるとそれこそ会社が吹っ飛んでしまうからな。たぶん大丈夫だ」

「ふざけるな」

「ふざけてはいない。取引だ」

シャドーはもう一人のほうをチラッと見たが、男は無表情に銃を構え、照準をウィリアムに合わせていた。シャドーはそれを手で制すると、憎々しげにそのボタンを床に捨て、足で踏み潰した。

「お前が本当に映像を消したかどうかの確認はどうするのだ」

「確認？　もし嘘ならオレを殺しにくればいいだろう。だから大丈夫だ。安心してくれ。よく考えてみろ。大統領はもう死んだんだ。誰に尽くす必要がある？　それより彼には将来がある。こんな映像が全世界に放映されてみろ。いったいどうなる？　アメリカ大統領どころかアメリカの威信に関わると思わないか？」

「お前をここで殺したらどうする？」

「考えてみろ、殺したらそれこそ映像が全世界に放映される。もうあんたも十分に職務を全うしたんだからいいじゃないか。第一、彼を殺す大義名分がないだろう。それにこのホテルは警察に囲まれている。彼を殺すと映像という証拠がある以上、日本の警察は調査に入るだろう」

シャドーは窓の外を見た。なるほど、夜に包まれたホテルの周りで点灯しているパトカーの赤色灯がいくつも目に入った。蟻が這い出る隙間もないほどびっしりと包囲されている。

彼は銃口を下に向けると、そのまま肩に担いた。

「なるほど。お前の言うとおりだ。映像は本当に消すんだな」

ウィリアムはうなずいた。

「約束は必ず守ってもらうぞ」

「それは心配しなくていい、騎士道精神にかけて」

ウィリアムはニコリと笑った。

シャドーは銃を左手で持ち、自分の肩をトントンと軽く叩きながら、

「しかし、お前は思ったより度胸があるな。一緒に仕事したいぐらいだ」

と言った。

「ありがとう。戦場慣れしてるからな。スクープがあるならどこへでも行く、それで慣らされたんだ。死体の多さに、それもムダ死にの死体にな」

「だから今回みたいな目に遭うんだ。人情を掛けたらダメだ。生き残れない。今後は気をつけたほうがいいぞ。それよりお前の提案をどうするか彼と相談してみる。なあ……」

そう言うと振り向き様に、拳銃を右手でホルスターから抜き、後ろに控えている男に向けて発砲した。サイレンサーの音が短く三発会議室に響いた。男は驚いた表情を見せると血しぶきを上げて後ろ向きにひっくり返った。血が床に流れた。

「ヤツは頭が固くてな。理屈が分からない。それよりこれで証拠はなくなった。実に楽しい一日だった。ただ最後の瞬間はちょっとイカしてなかったけどな」

シャドーはニコリとした。

「なぜ殺したんだ?」

ウィリアムが大声を上げた。

シャドーはウィリアムの質問に答えることなく銃口を口に咥えると、すばやくトリガーを引いた。重く低い音がして、脳漿が飛び散り後ろの壁を真っ赤に染めた。

一瞬の出来事に二人は呆然とした。

外で警官の動く気配がした。しばらく取り囲んで中を窺っていたが、やがて安全を確認したのか警察官が突入し、二人の身柄を確保した。

20

翌日の陽射しは眩しかった。

直人とウィリアムが御成門にある警視庁を出たのは八時過ぎ。取り調べは夜遅くまで続いたが、なぜ狙われたのか、警察は再三再四訊いてきたものの、直人が「アメリカ大統領命令です」と答えるとそれ以上何も訊かれることはなかった。

警察にしてもそれ以上は触れることができなかったのかもしれない。たとえそれが真実であったとしても、触れることで事件が重大化するのを恐れているかのようだった。

「ところで昨日の映像はどうするんだ？　あいつとの約束どおり放送しないのか？本社はそれほど簡単に引き下がるものなの？」

警視庁から一歩出たところで直人は心配してウィリアムに訊いてみた。

「映像？　ああ、あれ。映像なんて存在しないよ」

「ええ、どういうこと？」

直人は驚きの声を上げた。

「残念ながら日本からイギリス本社のサーバーへの転送はまだできないんだ。将来は分からないけどな」

「あれは嘘？」

「嘘じゃないよ。ハッタリだ」

ウィリアムは声を出して笑った。

「ただ昨日の事件については誰にも真相は話さないほうがいいな。もしかしたら別のヤツが口封じに来るかもしれないから」

「もちろんだ。たとえ映像がなくても、あいつと約束したんだからそんな簡単には破れない」

「ああ、それがいいと思う。これからどうするんだ？」

「せっかく日本に来たから観光して帰るよ。できることなら橘さんの葬儀に出たいし……」

そう言われて美沙のことが気になった。昨日から一回も連絡していない。真実を伝えなければいけないと思った。

「美沙――」

直人はJR渋谷駅前のテナントビルに来ていた。ここには美沙が勤める『東京ローン』渋谷支店が入っている。入り口から出てきた美沙に手を振った。

「直人！」

一連の事情聴取から解放された直人は、情報規制でまだ真実を知らされていない美沙に、この数日の出来事を知らせようとやってきていた。携帯電話で呼び出すと、突然のことに驚いていた美沙も、上司に事情を説明し出てきてくれた。

「どうしたの、いったい。直人が職場に来るなんて初めてじゃない」

屈託のない笑顔を見せる美沙に、直人の心が疼いた。

「ねえ、それよりも大丈夫だった？　昨日渋谷から青山にかけて大変だったんだってね。ニュースで見たけどほとんど戦争じゃない？　直人が巻き込まれていないか心配で、何度も携帯にかけたのにつながらないんだもん。お兄ちゃんも音信不通で。人の気も知らないで、いったい何してるのかしら」

その言葉にドキリとする。まさか、自分が原因で巻き起こった事件だとは言いづらく、直人は黙り込んでしまった。その様子を察したのか、美沙が訝しげに口を開いた。

「どうしたの？」

直人は意を決して言葉を口から押し出した。美沙にだけは真実を話さなければならない。警察から口止めされていたが、直人には我慢ができなかった。

「実はな、美沙、そのお兄さんなんだけど、亡くなったんだ……」

「えっ？」

「昨日の事件に巻き込まれて、殉職したんだよ」

一瞬なんのことか分からず呆然としていた美沙だったが、状況が呑み込めてきたのか、血の気の引いた顔でつぶやいた。

「お兄ちゃんが？――」

こくりとうなずく直人。続けて昨日のこと、ウィリアムから聞いた真実を包み隠さず話した。

「――というわけで、狙われてたのはオレなんだ。あの〝戦争〟の原因はオレなんだよ」

ようやく現実を受け入れた美沙は、眼に涙を溜めていた。きつく結んだ口元から、込み上げるものを堪えているのが分かる。

彼女の頭の中では、これまでの兄の顔が去来していた。

両親が生きている幸せだった幼いころ、親戚に疎まれながら一緒に暮らした十代、そして直人と出会い一人暮らしを始めるまで、そばにはずっと兄がいた。口うるさく、時には父親のような小言を言われ、煩わしく思ったこともある。しかしその死に直面し、なぜか浮かんでくるのは優しい笑顔だけだった。ずっと自分を心配し、守ってくれたお兄ちゃんに、もう会うことはできないのだ……。

「お兄ちゃん……」

なんとか抑えていた涙の塊が、ついに溢れて頬を伝った。

「ごめん、オレのせいだ。ターゲットにされたのは悪夢としか言いようがないけど、美沙との関係がなければ、少なくとも橘さんが巻き込まれることはなかったはずだ」

それを美沙が押し止めて、

「ううん、直人は関係ないよ」

「でも……」

ところがそこで、直人は続く言葉を失ってしまった。

気丈にふるまっていた美沙が、ついに肩を震わせ嗚咽を漏らした。直人はただ、そんな彼女を見守ることしかできない。薄っぺらな言葉は、かえって美沙を傷つけてしまうだろう。責任の一端を持つ直人には、たとえ関係ないと言ってもらっても、軽はずみなことは言えない。

それでも真実を伝えるのは自分しかいないと思い定め、一呼吸置いてから続けた。

「最後に、橘さん言ったんだよ。『美沙を頼む』って。機関銃で銃撃されながら、それでもオレたちのことを心配してくれた……」

美沙が濡れた顔を上げ、息を止めて直人を見た。次の瞬間、嗚咽はいっそう高まり、とうとう泣き崩れてしまった。力が抜け、アスファルトに座り込みそうになるのを直人が支えた。

「それなのに……オレは……」

事件が終わり、美沙への報告を済ませた直人も、緊張の糸が切れたのか涙が込み上げてきた。しかし、ここで自分が泣くわけにはいかない。これからはオレが橘さんの代わりに美沙を支えていかなければならないんだ。

抱きしめた美沙から温もりが伝わってきた。両親の離婚以来、ずっと虚勢を張って生きてきた。誰も信用しない。自分一人で生きていくと。心配してくれた橘さんの言葉にも耳を傾けず軽くあしらってきたことが悔やまれる。自分は間違っていた。一人じゃない。こんなオレにも心配してくれる人はいる。一人じゃ生きられないんだ。

「美沙――」

直人は自分の胸に顔をうずめる美沙を引きはがし、こう言った。

「この間渡した指輪、返してくれないか」

「えっ？」

呆気に取られる美沙を尻目に、直人は美沙の左手をつかむと、はめられていた安物の指輪を引き抜いた。

「どうして？」

「結婚しよう。今すぐってわけにはいかないけど、パチンコの景品じゃなく、しっかり働いた金で美沙に結婚指輪をプレゼントする」

「‼」

美沙の顔がみるみる高揚していくのが分かった。

「気づいたんだよ。オレには美沙が必要だって。力不足かもしれないけど、これからはオレがお兄さんの代わりに美沙を守る」

「直人――」

美沙はそう言って、直人の首に抱きついた。

（本当の直人が戻ってきてくれた。高校の時私を守ってくれた、本当の直人が。お兄ちゃんが最後に、昔の直人を私に取り返してくれたのかもしれない）

「ありがとう、直人。ありがとう……お兄ちゃん」

夕陽に照らされたビルの長く伸びた影に囲まれて、二人は長いこと抱き合っていた。

エピローグ

ウィリアムが見上げると、街頭に掲げられた巨大スクリーンの中で、女性キャスターが世界で最も権力のある男の死を厳かに伝えていた。

『臨時ニュースです。昨夜、アメリカ大統領が死去しました。繰り返します。アメリカ大統領が死去しました。詳細は明らかにされていませんが、持病の心臓病が悪化したとのことです。

ピーター・エイチ・リン大統領は、一九四二年三月十五日テキサス州ダラスに誕生しました。テキサス州知事を経て、四年前大統領に就任、その後その辣腕を振るい、失業者対策、人種差別撤廃、貧民層への支援また地球温暖化対策に貢献し、昨年ノーベル平和賞の候補にも挙がりました。また大の親日家で大下総理大臣と親交も深く米軍の厚木、岩国基地放棄を積極的に推し進めていました。大統領の突然の死で次回の大統領選挙は混迷するものと考えられます』

ウィリアムは腕時計をチラリと見た。針は十八時近くを指していた。西の空に夕焼けが広がっていた。雲がないので陽射しがやけに眩しく暑かった。平日のせいか青山通りには意外と人が溢れていた。直人と二人で逃げたあの道とはとても同じに見えず、それが何とも不思議だった。

今なら夜のロンドン行きの飛行機に間に合いそうだと思いながら、駅のほうに歩き出した。駅ならタクシーもあるだろう。彼はポケットから携帯電話を取り出し、リダイヤルを押した。

「おう、先日はお疲れ様。一日中大変だっただろう。ああ、ボクは大丈夫だ。連絡が遅れて悪かった。少しショックでな。連絡できなかった。

理由？

ああ、ヤツが死んだことだよ。まさか自殺するなんて思いもよらなかった。思ってもみろ。なぜ自決する必要があったのだ。そうは思わないか？

ミッション失敗時に機密保持のために自害する訓練は受けていても、あそこまでしなくてもよかっただろうに。だって、ミッションは大統領が死亡した時点で無効になっていたんだ。あれはどう考えても犬死にだ。警官隊に囲まれていたとしても何とかなっただろうに。

アフリカ以来彼の仕事ぶりは気に入っていたのに、実に惜しいことをした。久しぶりに東京のホテルのバーで飲んだのが最後になった。まあ、周りへのカモフラージュもあって一般的な話しかできなかったが、二年ぶりだったから嬉しかったさ。

今回のミッションは実に完璧な計画だったよ。彼らが拉致に失敗した時のためにボクがターゲットに同行していたわけだが、その必要性は最後の最後まで感じなかった。

それよりここだけの話だが、たった一人の権力者の延命のために人の臓器を取るなんて、国家として許されることだと思うか？ そんなことを許せば同じ状況が繰り返されることになる。いつ何時、自分が命を狙われるのか分からない。いいか、それはお前にも言えることだぞ。ある日突然、家族や友人がいなくなる。拉致されていなくなるんだ。

そんなことが許されるか？ 全然フェアーじゃない。だから死体を分かる場所に置いておかせたんだ。それは理解してくれ。長い付き合いなんだから。

現場の指揮官が上からの命令に私情を挿むな、と言われればそれまでだろうが、今回は……まあ、お前に言っても仕方ないか。それとこの会話の録音は消去しろ。あとで厄介なことになるかもしれん。
ところでボクは午後の便でロンドンに帰る。そうそうマイケルが妻に色目を使っていた。女性にだらしないのは昔からのアイツの悪い癖でね。ボクが帰るまでアイツを監視しといてくれ。必要なら始末していいぞ。ははは、冗談だ。あれでも親友なんだから。それじゃ、レッドアイ、副大統領にはくれぐれもよろしく伝えておいてくれ。ヤツは最後まで生き残りそうだからな」

了

この物語はフィクションであり、実在する個人・組織等とは一切関係ありません。

著者プロフィール

川村 誠一（かわむら せいいち）

奈良県五條市出身。大阪外国語大学卒業。

ファイナンシャル・プランナーとして活躍するかたわら、2007年には奈良日日新聞にてエッセイを連載するなど、大盛な執筆活動を続ける。

近著に『お前、おもろい芸をする』（2007年／文芸社）がある。

公式ホームページ　http://kawamuraseiichi.jp/

プレミアム・ビート

2008年10月25日　初版第１刷発行

著　者　川村 誠一
発行者　瓜谷 綱延
発行所　株式会社文芸社
〒160-0022　東京都新宿区新宿１－10－１
電話　03-5369-3060（編集）
03-5369-2299（販売）

印刷所　図書印刷株式会社

ISBN978-4-286-05716-3